Lynette Eason

Gefährliches Spiel in Tanner Hollow

LYNETTE EASON

GEFÄHRLICHES SPIEL IN TANNER HOLLOW

Aus dem amerikanischen Englisch von Susanne Naumann

SCM
Hänssler

SCM

Stiftung Christliche Medien

SCM Hänssler ist ein Imprint der SCM Verlagsgruppe,
die zur Stiftung Christliche Medien gehört, einer gemeinnützigen Stiftung,
die sich für die Förderung und Verbreitung christlicher Bücher,
Zeitschriften, Filme und Musik einsetzt.

MIX
Papier | Fördert
gute Waldnutzung
FSC® C014496

SCM Hänssler in der SCM Verlagsgruppe GmbH
Max-Eyth-Straße 41 · 71088 Holzgerlingen
Internet: www.scm-haenssler.de; E-Mail: info@scm-haenssler.de

Originally published in English under the title:
Protecting Tanner Hollow – Lethal Conspiracy

Originally published by Revell, a division of Baker Publishing Group,
Grand Rapids, Michigan, 49516, U.S.A.

Übersetzung: Susanne Naumann
Lektorat: Anne-Julia Haupt, HauptLektorat.de
Umschlaggestaltung: Jan Henkel, www.janhenkel.com
Titelbild: Adobe Stock: Wald – David Fitzell; jdross75/Shutterstock.com
Autorenfoto: © Mary Denman
Satz: Satz & Medien Wieser, Aachen
Druck und Bindung: GGP Media GmbH, Pößneck
Gedruckt in Deutschland
ISBN 978-3-7751-6177-0
Bestell-Nr. 396.177

Für meine Familie,
die hundertprozentig an mich glaubt.
Ich liebe euch.

Für Jesus.
Meine Liebe zu dir wächst von Tag zu Tag.

Eins

Die Flammen drohten das zweistöckige viktorianische Haus zu zerstören. Die hölzerne Garagentür barst mit einem lauten Knall und fiel in Stücken zu Boden. Ein Funkenregen stob auf.

Jason Tanner richtete den Wasserstrahl direkt auf das lodernde Feuer. Er gehörte zur Feuerwehr von Tanner Hollow, North Carolina. Seine Einheit war heute in das benachbarte Elk's Corner gerufen worden, um bei der Bekämpfung dieses Brandes zu helfen.

Rauch quoll aus der Garage, doch plötzlich stutzte Jason. War da ein Licht?

»Hey, Mike!«, rief er.

Mike Justus, der ebenfalls einen Wasserstrahl auf die Garage gerichtet hielt, drehte sich zu ihm um.

»Sind das Lichter?«

Mike kniff die Augen zusammen und trat zwei Schritte näher. Seine Augen weiteten sich in Entsetzen: »Das sind Scheinwerfer!«

Jason winkte seinem Vorgesetzten, der sogleich herbeieilte. »Halt mal, Chef. Ich glaube, da ist noch jemand drin!«

»Sei vorsichtig! Cookie! Geh mit Jason rein!«

Jason setzte seine Atemschutzmaske auf. Zusammen mit Cookie ging er zur Garage, während Wasser und Asche auf sie herabregneten. Die Flammen hatten die Garagentür zerstört, nicht aber das Innere der Garage. Noch nicht.

Jason legte eine behandschuhte Hand auf die Motorhaube des Fahrzeugs und sah Cookie an. »Der Motor läuft!«

Der Rauch behinderte seine Sicht. Er konnte nicht sehen, ob noch jemand im Auto war. Aber warum sollte der Motor laufen, wenn keiner drin war?

Jason hob die Axt, die er in der linken Hand trug, und trat an die Beifahrertür. Cookie ging zur Fahrertür. Jason beugte sich vor und sah, dass auf der Rückbank jemand lag. Es war eine Frau. Ihr dunkles Haar lag fächerartig um ihren Kopf ausgebreitet. Die Fenster auf der Fahrer- und Beifahrerseite waren gesprungen. Die Öffnungen waren nicht groß genug, um hineinzugreifen und die Tür zu öffnen, aber der Rauch drang bereits in den Fahrgastraum ein.

»Da ist jemand drin«, rief Jason. »Wir müssen sie rausholen!«

Er rüttelte an der Beifahrertür. Verschlossen. Er hob die Axt und zertrümmerte das Fenster vollständig, dann griff er ins Wageninnere und entriegelte die Türen.

Die Frau regte sich nicht.

Cookie öffnete die Fahrertür und klappte den Fahrersitz weg. Dann beugte er sich in das Auto, hob die schmale Gestalt vom Rücksitz und trug sie rasch aus der Garage. Jason eilte hinterher.

Etwas abseits legte Cookie die Frau vorsichtig ab und beugte sich über sie. Er sah Jason an. »Sie hat noch Puls, aber sie atmet nicht. Fang an, sie zu beatmen. Ich hole die Ausrüstung.«

Sie hatten alle eine Ausbildung als Notfall- oder als Rettungssanitäter, doch Jason hatte mehr Erfahrung als Cookie auf diesem Gebiet. Er nahm seine Atemschutzmaske ab und legte sie beiseite.

Routiniert bereitete er die Beatmung vor. Er legte eine Hand auf den Scheitel der bewusstlosen Frau, mit der anderen schob er ihr Kinn von der Brust weg. Dann öffnete er ihren Mund, prüfte den Innenraum und legte die Notfallbeatmungsmaske über Nase und Lippen. Als er ihr wieder Leben einblies, fing ihre Brust an, sich zu heben und zu senken.

»Komm schon, Süße, *atme*«, bat er sie zwischen den einzelnen Atemstößen.

So arbeitete er eine, höchstens zwei Minuten. Sein Herzschlag beschleunigte sich, als ihm bewusst wurde, dass sie möglicherweise nicht wieder zu sich kommen würde. Hoffentlich hatten sie sie nicht zu spät gefunden.

Doch dann schnappte sie nach Luft. Sie keuchte und würgte. Ein Krampf schüttelte sie. Jason rollte sie rasch auf die Seite, als sie begann, sich zu erbrechen. Ihr Körper reagierte auf das Kohlenmonoxid, das sie eingeatmet hatte.

Als die Krämpfe nachließen, nahm er das feuchte Tuch, das Cookie ihm reichte, und säuberte ihr Gesicht. Sie blinzelte. Ihr Blick war verschwommen, aber immerhin waren ihre Augen offen und sie atmete.

Rettungssanitäter trafen ein und Cookie winkte sie heran. Innerhalb von Sekunden hatten sie die Frau auf eine Bahre gelegt und an den Sauerstoff angeschlossen. Wie lange hatte sie nicht geatmet? Hatte ihr Gehirn Schaden genommen?

»Wie heißen Sie?«, fragte einer der Sanitäter.

Sie antwortete nicht.

Jason beobachtete sie. Er wurde von ihrer zerbrechlichen Schönheit angezogen – und noch von etwas anderem. Sie wirkte so hilflos. Er wollte ihr helfen, sie beschützen.

Er schüttelte den Kopf. Was war plötzlich los mit ihm? Er hatte geglaubt, wenn es um Feuer und Menschen in Not ging, wirklich schon alles gesehen zu haben. Dieses Opfer hier sollte keine solche Wirkung auf ihn haben. Und doch war es so.

Ihre Augen flackerten, sie stöhnte leise.

Jason trat neben einen der Sanitäter und nahm ihre Hand. »Es ist alles in Ordnung. Sie bringen Sie ins Krankenhaus.«

Ihre Blicke begegneten sich. Die Verzweiflung in ihren Augen rührte sein Herz an. Er konnte ihre Hand nicht loslassen.

»Jason. Jason!« Cookie zog ihn von ihr fort und schüttelte ihn leicht. »Was ist los mit dir, Mann?«

Jason räusperte sich. »Keine Ahnung.«

Er griff nach dem Feuerwehrschlauch und richtete den Wasserstrahl wieder auf das Feuer. Sein Herz hämmerte nach der seltsamen Begegnung, doch er musste diese sonderbare Reaktion ignorieren und helfen, die Flammen zu löschen, die noch immer das Haus bedrohten. Und er musste das Bild der schönen, dunkelhaarigen Frau auf der Bahre loswerden, das sich in sein Herz gestohlen hatte.

* * *

Lilly kämpfte sich aus der Dunkelheit heraus. Eine entsetzliche Angst quälte sie, doch sie wusste nicht, warum. Sie wusste nur, dass sie weglaufen musste. Aber wovor?

Vor *ihm*. Er wollte ihr wehtun. Aber warum? War er hier?

Sie musste die Augen öffnen. Seine verschwommenen Gesichtszüge lauerten in ihrem Kopf. Sie wollte ihn sehen. Nicht den unheimlichen Typen, sondern den netten. Den, dessen Gesicht sie einen kurzen Augenblick gesehen hatte, bevor man sie ins Krankenhaus gebracht hatte.

Sie hatte sein Gesicht vor Augen, träumte, er wäre hier und passte auf sie auf. Doch das war unmöglich. Oder etwa nicht? Sie wusste ja nicht einmal, wer er war. Wo war sie überhaupt? Warum konnte sie nicht aufwachen? Warum war sie in einem Krankenwagen gewesen?

Eine Hand nahm ihre. Sie war wieder am Rand der Bewusstlosigkeit. Lilly hob eine Hand an ihr Gesicht und spürte den feinen Plastikschlauch in ihrer Nase. Dann wurde sie sich der Luft bewusst, die in ihre Nase gezwungen wurde, und der feinen Kanüle an ihrem Handgelenk.

Sie blinzelte. Langsam gewann ihre Umgebung an Kontur. Ein Krankenhauszimmer. Mühselig drehte sie den Kopf, um zu schauen, wer ihre Hand hielt, und zuckte zurück. Der Mann aus ihren Träumen. Sein blondes Haar war zerwühlt, als sei er zahllose Male mit den Fingern hindurchgefahren. Lange, dunkle Wimpern umrahmten seine Augen, seine Brust hob und senkte sich sanft.

Doch wer war er? Und warum stillte seine Gegenwart die Angst, die sie quälte? Lilly schloss ermattet die Augen, als eine tiefe Schwäche sie erneut überkam.

Was war geschehen? Offenbar war sie verletzt worden. Aber wie?

Bilder stiegen in ihr auf.

Der Mann, der die Tür eingetreten hatte.

Die Waffe.

Das Entsetzen.

Er hatte auf sie geschossen.

Sie zuckte zusammen und riss gewaltsam die Augen auf.

Der Mann, der neben ihr saß, drückte ihre Finger. Dann stand er auf und rieb sich mit der freien Hand das Gesicht. »Sie sind wach«, stellte er erleichtert fest.

»Wer sind Sie?«

Er lächelte. Es war ein wundervolles Aufwärtskräuseln der Lippen, das in jeder Wange ein tiefes Grübchen zum Vorschein brachte. »Ich bin Jason. Wie heißen Sie?«

»Lilly ... Peterson.«

»Gut.«

Sie blinzelte. »Aber Sie wussten es schon.«

»Auf dem Rücksitz Ihres Autos lag Ihre Geldbörse. Ich habe sie herausgeholt und Ihren Führerschein darin gefunden.«

»Und warum haben Sie dann gefragt?«

»Sie waren einer großen Menge Kohlenmonoxid ausgesetzt.«

Plötzlich stürmte die Erinnerung auf sie ein. Ihre Hände fuhren nach oben und tasteten ihren Körper oberhalb des Nachthemds ab, doch sie spürte keine Bandagen. »Er ... er hat auf mich geschossen.«

Jason runzelte die Stirn. »Wer? Wo?«

»Ich weiß nicht.«

»Was soll das heißen, er hat auf sie geschossen?«

»Er kam zur Tür, ich habe geöffnet und er hatte eine Waffe in der Hand. Er hat auf mich geschossen.« Diesmal schob sie das Nachthemd von ihrer linken Schulter. »Hier.«

Er sah sie an. »Eine kleine Rötung. Sieht aus wie eine leichte Hautreizung oder so etwas, aber es ist ganz bestimmt keine Schusswunde.« Jason sah ihr tief in die Augen. »Haben Sie versucht, sich umzubringen, Lilly?«, fragte er leise.

Das reine Mitgefühl, das in seiner Stimme lag, trieb ihr beinahe Tränen in die Augen, doch zugleich spürte sie, wie ohnmächtiger Zorn in ihr aufstieg. »Nein«, flüsterte sie. »Niemals.«

»Es deutet aber alles darauf hin.«

»Weil es so aussehen sollte. Genau wie bei Jennys Tod.«

»Wer ist Jenny?«

Lilly presste die Handballen auf die Augen und versuchte, die Tränen zurückzuhalten. »Meine beste Freundin ... die letzte Woche in ihr Auto stieg, den Motor anließ und an einer Kohlenmonoxidvergiftung starb. Ich habe nicht geglaubt, dass sie so etwas getan hat. Ich konnte es nicht glauben. Und jetzt weiß ich genau, was mit ihr passiert ist. Sie wurde ermordet – und ich sollte auf dieselbe Weise sterben wie sie.«

Jason sah sie stirnrunzelnd an.

Lilly verzog das Gesicht. Er glaubte ihr nicht. »Ich weiß. Es ist schon in Ordnung, wenn Sie mir nicht glauben. Ich würde es ja auch nicht glauben, wenn ich es nicht selbst erlebt hätte.«

»Man geht davon aus, dass Sie selbst versucht haben, sich umzubringen.«

»Wer? Die Ärzte?«

»Ja.«

»Das glaube ich gern. Das sollen sie ja auch glauben.« Sie blinzelte und biss sich auf die Lippe bei dem Versuch, ihre wirren Gedanken zu ordnen.

»Sie möchten Sie noch ein Weilchen zur Beobachtung hierbehalten, bis sie sicher sein können, dass Sie keine Gefahr für sich selbst sind.«

Sie schwieg. Dann fragte sie: »Die wollen mich einschließen?«

»Nur so lange, bis sie sich ein Urteil gebildet haben.«

Schiere Panik packte sie. Sie schluckte und sah zur Tür.

»Vor der Tür steht eine Wache«, sagte Jason. »Nur für den Fall der Fälle.«

»Falls ich mir selbst etwas antue?«

»Falls Sie zu gehen versuchen, bevor man Ihnen geholfen hat.«

Das konnte nur ein schlechter Scherz sein! Je länger sie mit ihm sprach, desto besser arbeitete ihr Verstand wieder. Sie musterte den gut aussehenden Mann an ihrem Bett. »Und warum sind Sie hier?«

Sein Blick ließ sie nicht los. »Das weiß ich selbst nicht so recht. Ich wusste nur, dass ich Sie nicht alleinlassen wollte.«

Der Ausdruck, mit dem er sie ansah, verursachte ihr Herzklopfen. Teils vor Verwirrung, teils vor Angst. »Sie haben Mitleid mit mir.«

»Ja, auch. Jedenfalls, als sie bewusstlos waren und beinahe gestorben wären, aber dann, als man Sie in den Krankenwagen schob ...«

Sie erinnerte sich an den Blick, an die plötzliche Verbindung, die zwischen ihnen aufgekommen war. »Ich erinnere mich«, flüsterte sie.

»Wirklich?«

»Ja.«

Einen Moment lang schwiegen sie beide. Dann räusperte er sich. »Ihr Haus ist abgebrannt. Das Feuer hat es praktisch ganz zerstört.«

»Es war nicht mein Haus.«

»Was erklärt, warum die Adresse auf Ihrem Führerschein eine andere als die des abgebrannten Hauses ist.«

»Stimmt.«

»Genau genommen ist die Adresse auf Ihrem Führerschein die eines unbebauten Grundstücks ganz in der Nähe von hier.«

Sie schlug die Augen nieder, dann sah sie ihn wieder an. Und seufzte. »Ich weiß.«

Er wirkte überrascht, dass sie es nicht abstritt. Doch warum sollte sie sich die Mühe machen? Sie hatten sie ja schon aufgespürt.

Und sie musste weglaufen, wenn sie den morgigen Tag noch erleben wollte.

Zwei

Jason kratzte sich am Kinn, während er die geheimnisvolle Frau vor sich anschaute. »Na gut ... Sind Sie in einem Zeugenschutzprogramm oder so was Ähnlichem?«

Sie schürzte die Lippen. »Eigentlich nicht.«

»Sagen Sie mir, was los ist?« Er sah die Angst in ihrem Gesicht.

»Ich würde gern«, antwortete sie leise.

»Aber Sie trauen mir nicht.«

»Das ist es nicht. Es ist nur ... nun ja, zum Teil vielleicht.« Wieder traten ihr Tränen in die Augen.

Jason schwieg kurz, dann fragte er: »Sie sind sich nicht sicher, wem Sie vertrauen können, nicht wahr?«

Sie sah ihn unverwandt an, dann nickte sie langsam, seine Vermutung bestätigend.

»Vor wem laufen Sie weg?«, fragte er.

Lilly blinzelte und errötete. Die Angst in ihren Augen verstärkte sich. Sie griff nach dem Laken, das über ihren Beinen lag, knüllte es zusammen, glättete es wieder. Dann fuhr sie sich mit der Hand durch das dunkle

Haar und schüttelte den Kopf. »Vor dem, der mich schließlich doch erwischt hat.«

Als es an der Tür klopfte, zuckte sie zusammen, doch es war nur ein Arzt, ein großer, schlanker Mittfünfziger mit grau meliertem Haar. Hellblaue Augen ruhten kurz auf Jason, dann wandte er sich an Lilly. »Freut mich zu sehen, dass Sie die Augen offen haben.«

Lilly schwieg.

Er zog eine Stiftlampe aus der Tasche. »Ich bin Dr. Fields. Darf ich Sie kurz untersuchen?«

Ohne ihre Antwort abzuwarten, prüfte er ihre Reaktionen und stellte ihr dabei mehrere Fragen. Jason merkte sich die Antworten.

Schließlich richtete Dr. Fields sich auf. »Sie können nicht sehr lange in dem Auto gewesen sein. Gerade lang genug, um das Bewusstsein zu verlieren. Ich glaube nicht, dass Sie bleibende Schäden von dem Kohlenmonoxid davongetragen haben. Sie haben großes Glück gehabt.«

»Ja, das hatte ich wohl … Vielen Dank.«

Der Arzt blinzelte, als hätte ihre Antwort ihn verwirrt. »Ich werde noch den diensthabenden Psychiater verständigen«, sagte er. »Das ist bei einem Selbstmordversuch vorgeschrieben. Das verstehen Sie doch, oder?«

Lillys Antwort kam wie aus der Pistole geschossen: »Ich habe nicht versucht, mich umzubringen.«

Dr. Fields warf Jason einen überraschten Blick zu.

Der zuckte die Achseln und runzelte die Stirn. »Ich schätze, sie sagt die Wahrheit, Doktor«, hörte er sich sagen.

»Nein? Was sollte es dann gewesen sein?« Dr. Fields blickte fragend von einem zum anderen.

Jason sagte nichts.

Der Arzt sog scharf die Luft ein und sein Blick ruhte auf Lilly. »Ein Unfall?«

Sie schüttelte den Kopf.

»Aber wenn es kein Selbstmordversuch und kein Unfall war ...«, er hielt kurz inne. »Wollen Sie damit sagen, dass jemand versucht hat, Sie umzubringen?«

Sie erwiderte tapfer seinen Blick. »Ja. Genau das wollte ich sagen.«

»Ich ... äh ... ich verstehe«, stammelte der Arzt. »Nun, laut Polizei war es ein Selbstmordversuch, deshalb benötigen wir die Aussage des Psychiaters. Es wird jemand kommen, der Sie zu ihm bringt.«

Lilly wurde blass, nickte aber. »In Ordnung.«

Jason war überrascht, dass sie nicht weiter protestierte.

Als der Arzt das Zimmer verlassen hatte, sah Lilly Jason direkt an. »Ich habe nicht versucht, mich umzubringen.«

Die Bestimmtheit, mit der sie die Worte aussprach, traf ihn. Plötzlich wurde ihm bewusst, dass er ihr glaubte. Absolut. Vollkommen. Und er würde ihr helfen.

»Warten Sie kurz.« Mit einem Satz war er bei der Tür und riss sie auf. Die Wache stand am Ende des Gangs und schäkerte mit einer der Schwestern. In ihrer Nähe war der Arzt mit zwei anderen Weißkitteln in eine Krankenakte vertieft. »Dr. Fields?«

Der Arzt drehte sich um. »Ja?«

Jason lief zu ihm. »Miss Peterson braucht keine Prüfung durch einen Psychiater. Ich werde mich um sie kümmern.«

* * *

Lilly blinzelte verwirrt, als Jason so plötzlich verschwunden war, doch sie nutzte die Gunst der Stunde, schlug die Decke zurück, schwang die Beine aus dem Bett und stellte sie auf den Boden. Prompt wurde ihr schwindelig. Sie schloss die Augen und stützte die Arme fest auf die Matratze, bis das Zimmer aufhörte, sich zu drehen. Dann durchquerte sie auf zittrigen Beinen den Raum und öffnete die Schranktür. Da hingen ihre Kleider. Sie rochen nach Rauch, doch fürs Erste mussten sie genügen.

So schnell sie konnte, zog sie sich an, musste allerdings alle paar Sekunden innehalten und warten, bis ihr Husten aufhörte und ihre Kräfte zurückkehrten. Ihr Arm pochte, doch das ignorierte sie. Fertig angezogen, stellte sie ihre Tennisschuhe aufs Bett und sank auf den Stuhl daneben. Völlig erschöpft schloss sie die Augen und legte ihren Kopf einen Moment gegen die Lehne.

Doch sie war zu angespannt. Die Ereignisse der Nacht lagen im Nebel. Der Versuch, sich genau daran zu erinnern, was geschehen war, verursachte ihr Kopfschmerzen. Sie wusste nur, dass sie in Gefahr war und hier fort musste. Bevor irgendjemand zurückkam.

Und die Wache? Wie sollte sie an dem Mann vorbeikommen? Sie würde eine Ohnmacht vortäuschen müssen oder etwas Derartiges. Langsam formte sich ein Plan in ihrem Kopf. Sie brauchte ihn nur noch auszuführen. Leider hatte sie keine Kraft mehr, auch nur aufzustehen.

Wieder ging die Tür auf. Sie stöhnte innerlich. Zu spät. Sie hatte zu lange getrödelt.

Sie schlug die Augen auf und sah den Mann im weißen Arztkittel an. »Ich komme nicht mit zum Psychiater«, sagte sie bestimmt.

Ohne ein Wort zu sprechen, trat er näher.

Lilly schaute ihn misstrauisch an. Noch bevor sie einen weiteren Gedanken fassen konnte, packte er sie blitzartig am Arm und warf sie aufs Bett. Sie hatte nicht einmal Zeit zu schreien, da presste er ihr auch schon ein Kissen aufs Gesicht.

* * *

Jason merkte schnell, dass er den Arzt nicht überzeugen konnte. Hätte er sich eigentlich ja denken können. Er gab den Versuch auf und ging zurück zu Lillys Zimmer. Als er sah, dass die Wache immer noch nicht wieder da war, runzelte er die Stirn und beschloss, das zu melden. Dann klopfte er und öffnete die Tür. Was er sah, ließ ihm das Blut in den Adern gefrieren. Jemand beugte sich über Lilly, nein, er beugte sich nicht einfach über sie, er versuchte, sie zu ersticken.

Mit einem Satz war Jason am Bett, packte den Mann und riss ihn von Lilly herunter. Einem kräftigen Fausthieb des anderen wich er geschickt aus. Er duckte sich, trat zurück, wirbelte herum und trat zu. Sein rechter Fuß traf den linken Wangenknochen des Angreifers. Der Mann brach zusammen und sein Kopf schlug dumpf auf dem Fliesenboden auf.

Jason richtete seinen Blick wieder auf Lilly. »Sind Sie in Ordnung?«

Sie hatte sich aufgesetzt und rang nach Luft. Als Antwort auf seine Frage nickte sie nur kurz, doch sie war beinahe so weiß wie das Kissen, das beinahe ihr Leben beendet hätte.

Jason zog sein Handy aus der Hosentasche und rief seinen Bruder an.

Nolan nahm beim zweiten Klingelton ab. »Was gibt's?«

»Ich hab grade ganz knapp einen Mord verhindert.«

Eine kurze Stille folgte. »Was?«

»Ich bin im Krankenhaus, Zimmer vier der Notaufnahme. Der Kerl liegt auf dem Boden, im Moment noch bewusstlos, aber ich brauche dich. Du musst ihn verhaften.«

»Ruf den Sicherheitsdienst des Krankenhauses. Ich schicke sofort jemanden.« Nolan legte auf. Zeit für Abschiedsfloskeln wollte er nicht verschwenden. Er wusste, sein Bruder würde bei so einer Angelegenheit nicht scherzen.

»Der Sicherheitsdienst hätte eigentlich vor der Tür stehen sollen, als das passiert ist. Hat bisher also nichts genützt«, sagte Jason wie zu sich selbst, als er das Handy wieder einsteckte. »Die Polizei ist unterwegs«, informierte er Lilly, die gerade versuchte aufzustehen.

»Gut. Aber ich muss hier weg. Helfen Sie mir hier heraus, bevor sie mich in die Psychiatrie einweisen. Wenn ich erst eingesperrt bin und nicht mehr weg kann, bin ich so gut wie tot.«

Während sie das Wort »tot« aussprach, regte sich der Mann auf dem Boden. Jason und Lilly starrten ihn alarmiert an. Doch im selben Moment flog die Tür auf und zwei Polizeibeamte traten ein, die Hände an der Waffe.

Jason sah den ersten Beamten an. Er kannte ihn. »Robby?« Er hatte den Mann vor ein paar Monaten beim alljährlichen Softballturnier der Polizei kennengelernt, mit dem Geld für das örtliche Kinderkrankenhaus gesammelt wurde.

»Jason?«

»Ja. Wie kommt es, dass ihr so schnell hier seid?«

»Wir waren schon im Krankenhaus wegen einer anderen Sache und wurden über Funk alarmiert. Was geht hier vor?«, fragte er und sah dabei den Mann an, der neben Jason auf dem Boden lag. Sein Kollege kniete nieder und prüfte seinen Puls.

»Er lebt«, sagte Jason. »Ich kam ins Zimmer zurück, nachdem ich auf dem Gang mit einem Arzt gesprochen hatte, da hat der Typ hier ein Kissen auf ihr Gesicht gedrückt und versucht, sie zu ersticken.«

Robby sah Lilly mit hochgezogenen Brauen an.

Sie schauderte. »Er verfolgt mich seit Wochen«, sagte sie.

»Ein Stalker?«

Lilly nickte. »Ich kann ihn nicht abschütteln. Wo ich auch hingehe, taucht er auf.«

»Und diesmal hat er offenbar beschlossen, das Objekt seiner Begierde endgültig auszulöschen«, murmelte Jason. »Eigentlich sollte eine Wache vor der Tür stehen, doch der Mann war zu beschäftigt damit, mit den Schwestern zu turteln.«

Der Mann am Boden stöhnte und fasste sich mit der Hand an den Kopf.

»Ich habe nicht nachgesehen, ob er eine Waffe hat«, sagte Jason.

Der Beamte durchsuchte den Mann mit geübtem Griff. An seiner rechten Hüfte hielt er inne. Er zog eine Waffe aus seiner Tasche und reichte sie Robby, der seinem Partner im Austausch dazu Handschellen hinhielt.

Als die Hände des Mannes auf seinem Rücken gefesselt waren, war es Jason deutlich wohler. Der Angreifer öffnete die Augen, blinzelte ein paar Mal und musterte die Personen im Raum der Reihe nach. Als sein Blick auf Jason fiel, verdunkelte sich sein Gesicht und er versuchte, mit dem Fuß nach ihm zu treten. Die beiden Beamten hinderten ihn daran.

»Schluss jetzt!« Robby versetzte ihm einen kleinen Hieb, sodass er zurück auf den Boden fiel. Sein Partner zog ihn anschließend auf die Füße und drückte ihn auf den Stuhl neben dem Badezimmer, wo Robby ihn festhielt.

Jason starrte den Mann an. »Lassen Sie Lilly in Ruhe!«

Die dunklen Augen glitzerten. »Sie haben ja keinen Schimmer, in was Sie da reingeraten sind.«

»Richtig. Das ändert jedoch nichts an der Tatsache, dass Sie versucht haben, sie umzubringen. Aber der Versuch ist fehlgeschlagen. Sie ist jetzt in Sicherheit und Sie wandern ins Kittchen. Hoffentlich war Ihre Besessenheit das wert.«

Er hörte, wie Lilly scharf die Luft einsog, und drehte sich zu ihr um. Sie schüttelte leicht den Kopf und runzelte besorgt die Stirn. Anscheinend wollte sie nicht, dass er den Mann reizte.

»Es ist keine Besessenheit«, sagte der andere abwertend und spuckte vor ihm auf den Boden. »Sie ist nur ein Job für mich.«

Drei

Die Beamten führten den Mann, der versucht hatte, Lilly umzubringen, hinaus. Sie sah Jason an. »Glauben Sie mir jetzt? Dass ich nicht versucht habe, mich umzubringen? Dass man mir eine Falle gestellt hat?«

»Ich glaube Ihnen. Ich habe Ihnen schon vor dem Angriff geglaubt. Und das werden die Ärzte jetzt wohl auch tun müssen.«

Sie sah zur Tür, durch die ihr Angreifer abgeführt worden war. »Aber sie werden zunehmend verzweifelter. Es schert sie nicht mehr, ob es nach einem Selbstmord aussieht oder nicht. Sie wollen mich einfach tot sehen.«

»Sie? Ich dachte, es sei nur ein Stalker, der Sie schon länger verfolgt.«

Sie fuhr sich mit der Hand durchs Haar. »Nein, das habe ich nur so gesagt. Ich habe nicht die Zeit, stundenlang mit der Polizei zu reden und ewig lange Erklärungen abzugeben. Ich muss hier weg.« In ihrem Kopf ratterte es. Was sollte sie jetzt tun? Wohin sollte sie gehen? Wohin konnte sie gehen, ohne dass die Angreifer sie finden würden?

»Und wohin genau?«

»Keine Ahnung.« Sie lachte frustriert auf. »Das Gute ist nur, wenn ich es nicht weiß, wissen sie es auch nicht.«

»Ich weiß es.«

»Was wissen Sie?«

»Ich weiß, wo Sie hingehen können.«

»Wohin?«

»Mit mir.« Sein Handy summte. Er warf einen Blick auf das Display. »Nolan ist unterwegs. Vielleicht sollten wir auf ihn warten.«

»Nolan?«

»Mein Bruder. Er ist Polizist.«

Sie sah ängstlich zuerst zum Fenster, dann zur Tür. »Nein, ich kann nicht warten. Ich kann nicht hierbleiben.«

»Okay. Wir sagen ihm, wo wir sind, wenn wir dort sind.« Er nahm ihre Handtasche und reichte sie ihr. Sie streifte den Riemen über die Schulter und ließ zu, dass er ihre Hand nahm und sie aus dem Zimmer zog.

Draußen wartete der Beamte, der das Zimmer bewachen sollte. Er saß auf einem Stuhl und blätterte in einer Zeitschrift.

»He, wo wollen Sie hin?«, fragte er, stand auf und legte eine Hand an die Waffe.

»Ich gehe. Ich bin entlassen worden.« Die Lüge kam ihr leicht über die Lippen. Das flüchtige Schuldgefühl, das dabei in ihr aufstieg, wog dagegen schwerer. Sie hasste es zu lügen, doch die Umstände zwangen sie dazu.

Der Beamte runzelte die Stirn. »Davon hat mir niemand was gesagt.«

Jason seufzte. »Möchten Sie vielleicht bei der Schwester nachfragen?«

»Ja. Warten Sie hier.« Er ging den Flur entlang, blieb jedoch gleich wieder stehen und drehte sich um. »Sie können eigentlich gleich mitkommen.«

»Gern.« Lilly nahm Jasons Hand und unterdrückte den Wunsch, zum Ausgang zu stürzen.

Doch genau in diese Richtung führte der Beamte sie glücklicherweise. Sie folgten ihm langsam. Sobald der Beamte ihnen wieder den Rücken zugekehrt hatte, öffnete Jason die Tür und bedeutete ihr hinauszuschlüpfen. Hinter ihnen fiel die Tür zu.

»Nach oben«, befahl Jason intuitiv.

Lilly zögerte nicht. Sie rannte die Treppe zum nächsthöheren Stockwerk hinauf. Dabei hörte sie, wie unter ihnen die Tür aufgerissen wurde. Oben am Treppenabsatz hielt Jason sie fest und legte einen Finger auf die Lippen.

»He! He, Polizei! Stopp!« Die Schritte des Beamten verklangen. Er war nach unten gerannt.

Lilly atmete erleichtert auf. Zusammen mit Jason trat sie hinaus auf den Flur des oberen Stockwerks. Am Ende des Ganges lag die Tür zu einem weiteren Treppenhaus. Diesmal gingen sie nach unten. Dort angekommen, führte er sie direkt zu einem Ausgang, der auf eine Nebenstraße ging.

Lillys Lunge brannte wie Feuer und ihr war schlecht. »Wo ist Ihr Auto?«, fragte sie keuchend.

»Auf der anderen Seite der Klinik. Möchten Sie hier warten?« Jason blickte sie besorgt an.

Lillys Blick wirkte gehetzt und voller Angst. »Die haben bestimmt den Sicherheitsdienst alarmiert und suchen jetzt nach mir.« Sie musste sich einfach zusammenreißen. »Nein, ich komme mit Ihnen mit«, sagte sie schließlich.

Zusammen hasteten sie um das Krankenhausgebäude herum. Lilly blickte alle paar Sekunden über die Schulter zurück, ganz sicher, dass man sie entdecken und zurückbringen würde. Gleichzeitig versuchte sie, den Schwindel zu verdrängen, der sie immer wieder zu überwältigen drohte.

Jason lotste sie zum Parkplatz in der Nähe der Notaufnahme. Er hob den Autoschlüssel und sein Jeep blinkte. Sie ging zur Beifahrerseite und stieg ein. Dieses Auto fühlte sich zumindest in diesem Moment wie der sicherste Ort auf Erden an. Sie sank erleichtert in den Sitz. Doch schon im nächsten Augenblick sah sie nervös aus dem Fenster, während Jason auf den Fahrersitz rutschte.

Was sie sah, ließ ihr das Adrenalin erneut durch die Adern schießen. Die Sicherheitsleute des Krankenhauses fuhren in ihrem kleinen Auto mit dem gelben

Warnblinklicht auf dem Dach an ihnen vorüber. Der Fahrer hielt an, als er sie sah, und hob sein Funkgerät an die Lippen.

»Er gibt unseren Standort durch«, sagte sie panisch.

Jason ließ den Motor an und fuhr rückwärts aus der Parklücke. »Sie haben wahrscheinlich mein Auto gesucht. Deaktivieren Sie Ihr GPS und stellen Sie Ihr Handy aus.«

Sie tat es, während Jason mit quietschenden Reifen vom Parkplatz fuhr und sich schließlich in den fließenden Verkehr einreihte – wie jedes andere Auto auch, hoffentlich unsichtbar für ihre Verfolger.

»Woher wussten sie, nach welchem Auto sie suchen mussten?«, fragte sie.

»Das war einfach. Der Wachmann hat sicher unsere Flucht gemeldet und meinen Namen von dem Beamten gesagt bekommen, der den Bericht über den Anschlag auf Sie aufgenommen hat. Ein kurzer Check und sie hatten meinen Fahrzeugtyp und das Kennzeichen.«

»Na großartig.« Sie seufzte. »Es tut mir leid, dass ich Sie da reingezogen habe.«

»Sie haben mich nicht reingezogen. Ich bin freiwillig gekommen. Jetzt sitzen Sie still und lassen Sie mich zusehen, dass ich uns hier rausbringe.«

Stillsitzen. Ja, das musste sie wohl. Sie holte tief Luft und hustete prompt. Ihre Lungen schmerzten, ebenso wie ihr Kopf und ihr Arm. Auch der Rest ihres Körpers fühlte sich wie zerschlagen an. Es würde noch ein Weilchen dauern, bis das Kohlenmonoxid wieder aus ihrem Körper gewichen wäre. Sie spürte eine neue Welle von Übelkeit, schluckte und lehnte den Kopf gegen das Fenster, unsicher, ob sie für Jasons Auftauchen dankbar sein oder Angst haben sollte, dass er als Nächster sterben würde.

* * *

Jason blickte zu seiner schweigsamen Beifahrerin hinüber und sah, dass sie eingeschlafen war. Sie musste wirklich völlig erschöpft sein, dachte er. Wie lange sie wohl schon vor ihrem Verfolger geflohen war, bis der sie dann doch eingeholt hatte?

Sie hatte noch immer lila Schatten unter ihren dunklen Wimpern. Er schwor sich, ihre Feinde loszuwerden. Sie sollte sich wieder sicher fühlen. Doch in seinem Kopf spukten viele Fragen herum, die ihm keine Ruhe ließen. Vor wem lief sie weg? Und warum? Er glaubte nicht, dass sie ein Verbrechen an sich selbst begangen haben sollte. Dennoch ließ der Gedanke ihm keine Ruhe. Er wählte Nolans Nummer.

Sein Bruder meldete sich beim ersten Klingeln. »Wo bist du?«

»Du hast mein Handy noch nicht geortet?« Er sprach leise, um Lilly nicht aufzuwecken, doch sie rührte sich nicht.

»Das wollte ich gerade tun.«

»Ich bin unterwegs. Kannst du vielleicht mal eine Lilly Peterson für mich überprüfen?«

»Die Frau aus dem Krankenhaus?«

»Ja.«

»Die, die selbstmordgefährdet ist und der du geholfen hast, aus dem Krankenhaus zu fliehen?«

»Genau die.«

Nolan seufzte tief. »Jace ...«

»Fang gar nicht erst an, Nolan. Sie hat nicht versucht, Selbstmord zu begehen. Jemand hat versucht, sie umzubringen, und sie braucht Hilfe. Hier geht irgendetwas vor, das viel größer ist, als es aussieht. Und ich werde herausfinden, was es ist.«

Sein Bruder zögerte. Sein Zögern drang überdeutlich durch die stille Leitung. »Bist du sicher?«, fragte er schließlich.

»Im Moment erscheint mir gar nichts sicher«, sagte er und fügte nach einer kurzen Pause hinzu: »Nur eins weiß ich: Ich werde ihr helfen.«

Nolan seufzte. »Dann müssen wir das wohl tun.«

»Wir?«

»Ich habe das Gefühl, dass du ein bisschen Hilfe von den Hütern des Gesetzes brauchen kannst.«

»Wahrscheinlich.«

»Okay. Wo willst du dich heute Nacht verkriechen?«

»Ich glaube, das weißt du.«

Pause. »Du willst es nicht aussprechen?«

»Nein. Und ich werde mein GPS abschalten, bis ich ein paar mehr Informationen von ihr habe. Es besteht kein Zweifel, dass irgendjemand sie tot sehen will. Der Typ im Krankenhaus hat gelacht, als ich ihn als verrückten Stalker bezeichnet habe. Er meinte, er mache lediglich einen ›Job‹.«

»Ein Profi?« Aus dem Ton der Frage war Nolans tiefe Sorge herauszuhören.

»Ja, das war mein Eindruck.« Jason senkte wieder seine Stimme, um Lilly nicht zu wecken. »Und jetzt wissen sie, dass sie bei mir ist, also werden sie versuchen, über mich an sie heranzukommen.«

»Okay. Ihr versteckt euch und ich werde ein paar Recherchen anstellen.« Nolans Stimme war die Frustration anzuhören. Die Kühnheit seines Bruders machte ihm regelmäßig zu schaffen.

»Wie geht's Kallie?«, fragte Jason.

»Das Kind kann jeden Tag kommen.«

In der Stimme seines Bruders mischten sich Panik und freudige Aufregung. Jason spürte einen Anflug von Neid, den er jedoch energisch beiseiteschob. Jetzt brauchte erst einmal die Frau seine Hilfe, die schlafend hier neben ihm saß.

»Ich melde mich später wieder.«

»Okay. Benutz den Code, wenn es nötig ist.« Den Code, der signalisierte, dass er Hilfe brauchte, es aber nicht sagen konnte.

»Mach ich.«

Jason legte auf und fuhr rechts ran, ließ den Motor aber laufen. Er schaltete sein GPS ab, machte das Handy aus und setzte die Fahrt fort. Nach zwei Meilen verließ er den Highway, fuhr über eine Brücke und bog dann nach links ab, zurück auf die Interstate, aber in entgegengesetzter Richtung.

Jetzt konnte er sich darauf konzentrieren, Lilly an einen sicheren Ort zu bringen, während Nolan die Sache von seiner Seite her aufdröselte. Es würde schon irgendwie alles gut werden. Hoffentlich.

Vier

Lilly wachte auf, als das Auto zum Stehen kam. Sie blinzelte ein paar Mal und stellte entsetzt fest, wie tief sie geschlafen hatte.

»Wir sind da.«

Ihr Herz klopfte, als sie das hörte. »Tut mir leid, dass ich eingeschlafen bin.«

»Sie haben es gebraucht.«

»Ja, aber es hätte mir nicht passieren dürfen. Ich hätte aufpassen müssen, ob wir verfolgt werden.«

»Wurden wir nicht.«

Sie sah ihn an, getröstet von seiner ruhigen Selbstsicherheit, aber dennoch nicht ganz überzeugt. »Woher wollen Sie das wissen?«

»Ich war bei einem Einsatz im Irak, bevor ich Feuerwehrmann wurde. Glauben Sie mir. Wir wurden nicht verfolgt.«

Lilly zog eine Braue hoch, dann nickte sie. »Na gut. Und wo sind wir jetzt?«

»Bei einer kleinen Hütte in den Wäldern.« Er lächelte. »Sie gehört meiner Familie. Wir nutzen sie das ganze Jahr über, aber am meisten natürlich im Sommer.

Dann treffen wir uns alle hier für ein paar schöne Wochen und haben Spaß.«

»Spaß?«

»Sie wissen schon: Boot fahren, Wasserski, schwimmen.« Er zuckte die Achseln. »Sie ist nur eineinhalb Stunden von Tanner Hollow entfernt, deshalb kommt und geht jeder, wie er kann – oder will. Ich glaube, meine Tante und mein Onkel waren erst letzte Woche hier.«

»Wie schön.« So wie Lilly es sagte, klang es aus weiter Ferne – als läge jegliche Art von Spaß für sie außer Reichweite.

Jason sammelte ein paar Tüten mit Fast Food vom Rücksitz. »Ich bin bei einem Drive-in vorbeigefahren und habe Burger und Pommes mitgenommen. Und Salat, weil ich nicht wusste, was Sie essen.«

»Danke. Ich esse alles – ganz egal was, bei dem Hunger, den ich habe.« Trotz ihres nagenden Hungers runzelte sie die Stirn. »Haben Sie auch daran gedacht, bar zu bezahlen?«

Er war überrascht, dass sie daran dachte. Sie schien bereits ein Profi darin zu sein, ihre Spuren zu vertuschen. »Hab ich.« Er ging voran zur Vordertür der kleinen Hütte. »Wir haben ein paar Sachen hier – Seife und Zahnbürsten natürlich. Was frische Kleidung für Sie betrifft, müssen wir mal schauen.«

Das Schläfchen im Auto hatte ihr geholfen, aber trotzdem stand ihr der Sinn nur nach einem Bett und

Schlaf, wenn das möglich war. Und etwas zu essen. Ja, essen wäre gut.

Als sie das Blockhaus betraten, fühlte Lilly sich sofort geborgen.

»Es ist nichts Großartiges, aber für uns reicht's«, sagte Jason fast entschuldigend.

»Ich finde es wundervoll.« Lilly flüsterte es fast.

Die Wände bestanden aus glattem Holz, wahrscheinlich Ahorn. Rot-, Grün- und Goldtöne schufen eine beruhigende, entspannende Atmosphäre. Im Wohnbereich standen ein großes Sofa und ein dazu passender Zweisitzer gemütlich vor dem Fernsehbildschirm, der über dem Kamin hing. Rechts davon ging der Wohnraum in die Küche über. Um eine kleine Kochinsel standen mehrere Barhocker. Sämtliche Geräte sahen brandneu aus.

»Meine Mutter und meine Tanten und Onkel haben letztes Jahr zusammengelegt und alles neu angeschafft«, sagte Jason. »Ich fühle mich fast ein bisschen fremd hier mit der neuen Ausstattung, aber es ist natürlich sehr viel hübscher als vorher.« Er lachte. »Hier unten gibt es drei Schlafzimmer und zwei Badezimmer, oben ist eine Art Loft mit einem Schlafbereich und einem weiteren Badezimmer. Sie können sich aussuchen, wo Sie schlafen wollen. Sherry und Gail, meine Cousinen, schlafen normalerweise in dem Zimmer am Ende des Flurs, hier unten, weil es dort ein Queensize-Bett und ein Etagenbett gibt. Im

Schrank müssten auch noch ein paar Klamotten sein, die fürs Erste genügen könnten. Sie können sie sich ja mal ansehen.«

Sie ließ ihre Handtasche aufs Sofa fallen, drehte sich zu ihm um und sah ihn an. »Vielen Dank.«

»Kein Problem.«

»Genau genommen ist es doch ein Problem. Ich bin ein Problem. Und ich fürchte, Sie haben jetzt meine Probleme geerbt.«

»Erzählen Sie mir, wie es so weit gekommen ist?« Nach einer Pause fügte er hinzu: »Wenn Sie so weit sind?«

Sollte sie?, fragte sich Lilly. Ihre beste Freundin war ermordet worden wegen der Dinge, die sie beobachtet hatte, und sie wollte auf gar keinen Fall einen weiteren Unschuldigen in die Gefahr bringen, die hinter jeder Ecke auf sie lauerte. Und doch: Wenn sie es ihm nicht sagte, brachte sie ihn vielleicht in noch viel größere Gefahr. Ihn zu warnen, war wahrscheinlich das Beste, was sie für ihn tun konnte.

Nach einem langen Blick in seine ehrlichen grünen Augen nickte sie schließlich. »Ja. Ich erzähle Ihnen alles.«

»Gut. Ich gucke mal nach, was für die nächsten Tage so im Kühlschrank ist. Für ein paar Mahlzeiten wird es reichen, aber dann müssen wir uns was überlegen. Gehen Sie ruhig erst mal duschen, wenn Sie wollen, und bedienen Sie sich an allem. Fühlen Sie sich wie zu Hause. Und dann können wir essen und alles besprechen.«

* * *

Während Lilly duschte, ging Jason in die Küche, legte die Hände auf die Arbeitsfläche aus Granit und holte tief Luft. Warum ließ er sich so in die Probleme dieser Frau hineinziehen?

Die Frage brachte ihn beinahe zum Lächeln. Er konnte nicht anders. Wenn er eine Frau in Bedrängnis traf, musste er ganz einfach helfen. Man konnte es als eine Schwäche von ihm ansehen, eine Schwäche, die sich meistens rächte, aber er konnte eben nicht anders. Sein Bruder Nolan schien unter dem gleichen Komplex zu leiden, nur dass er die Frau, die er gerettet hatte, letztes Jahr geheiratet hatte.

Er schüttelte den Gedanken ab und ging zum Kühlschrank. Der Blick hinein war ziemlich desillusionierend. Es gab noch Gewürze und etwas Milch, die vor einer Woche abgelaufen war. Er roch daran und verzog das Gesicht. Ekelhaft! Er schüttete sie in den Ausguss und suchte weiter. Erdnussbutter, Traubengelee, Butter, Mayonnaise, Senf und Ketchup. Ohne Brot war damit nicht viel anzufangen. Seufzend schloss er die Kühlschranktür. Im Gefrierfach fanden sich noch eine Tüte Chicken Nuggets, etwas Tiefkühlgemüse und eine große Packung After-Eight-Eis.

Das alles reichte vielleicht für ein paar Mahlzeiten, aber wenn sie länger als ein, zwei Tage bleiben wollten, musste er in die Stadt fahren – was er allerdings sowieso tun musste, wenn er mit Nolan reden wollte. Und das wollte er.

Er verteilte einen Teil des Fast Foods auf zwei Teller, füllte zwei Gläser mit Wasser und stellte alles auf den Tisch. Die Schlafzimmertür öffnete sich in dem Moment, als er das Besteck aus der Schublade nahm. Lilly kam frisch geduscht in die Küche. Sie trug Sweatpants und ein langärmeliges T-Shirt. Ihre Haare fielen ihr offen über die Schultern.

Er versuchte, sich zusammenzureißen und sie nicht anzustarren. »Hunger?«, fragte er stattdessen und räusperte sich.

Sie glitt auf den Stuhl und legte sich die Serviette über den Schoß. »Und wie!«

»Wer ist hinter Ihnen her?«, platzte er ohne Umschweife heraus.

Lillys Blick verdüsterte sich sofort und er bereute seine Frage.

»Jemand, der wirklich verzweifelt ist«, antwortete sie und blickte ihm offen ins Gesicht.

»Wollen Sie reden, während wir essen?«, fragte er etwas einfühlsamer.

Sie holte tief Luft und nickte. »Okay. Sie haben es sich wirklich verdient, die ganze Geschichte zu erfahren. Aber ich möchte doch noch einmal darauf hinweisen, dass die Leute, vor denen ich weglaufe, gefährlich und hervorragend vernetzt sind.«

»Vernetzt?«

»Mit Auftragsmördern zum Beispiel.«

Er blinzelte. »Solchen wie der Typ, der Sie im Krankenhaus aufgestöbert hat.«

»Ja. Er mag jetzt verhaftet sein, aber es werden andere nachkommen.«

»Warum?«

»Weil ich einen Mord beobachtet und den Mörder gesehen habe.«

»Auweia.« Jason schwieg einen Moment. Dann sagte er: »Also gut. Aber beginnen Sie bitte ganz von vorn, ja?«

Fünf

Lilly aß drei Bissen und spülte sie mit Wasser hinunter, dann fing sie an. »Ich arbeite für meinen Vater, den Kongressabgeordneten Tyler Maloney.«

Jason zuckte zusammen und richtete sich abrupt auf. »Den Kongressabgeordneten Maloney? Ich habe von ihm gehört.«

»Das haben die meisten. Es gelingt ihm ganz gut, den Menschen in Erinnerung zu bleiben. Das ist Absicht. Schließlich will er einen Sitz im Senat haben.«

»Warum klingt das bei Ihnen so, als sei das etwas Schlechtes?«

Sie zuckte die Achseln. »Mein Vater und ich sind nicht immer einer Meinung. Er kann sehr fordernd und dominant sein, aber sobald eine Kamera auf ihn gerichtet ist, ist er plötzlich ungemein höflich und äußerst charmant.«

»Ich verstehe.«

Sie seufzte. »Wir haben nur noch uns beide, wissen Sie. Meine Mutter kam bei einem Autounfall ums Leben, als ich vier Jahre alt war.«

»Das tut mir leid«, murmelte er.

»Ich war ebenfalls in dem Auto, aber ich wurde hinausgeschleudert. Dabei habe ich mir das Schlüsselbein gebrochen, aber mehr ist mir nicht passiert.« Sie schwieg für einen kurzen Moment. In ihren Augen konnte Jason eine tiefe Traurigkeit erkennen. »Mein Vater ist im Grunde ein herzensguter Mensch«, fuhr sie schließlich fort. »Aber ich kriege ihn nicht oft zu sehen. Er hat so viel mit seiner Karriere als Politiker zu tun, dass er keine Zeit für irgendetwas – oder irgendjemanden – anderes hat.«

»Für Sie zum Beispiel?«

»Ja.« Sie lächelte traurig. »Ich weiß, dass er mich liebt, aber der Tod meiner Mutter hat ihn bis in seine Grundfesten erschüttert. Er hat sich nie wirklich davon erholt. Ich habe ein schlechtes Gewissen, wenn ich mir wünsche, dass er mehr wie sein Bruder wäre, mein Onkel Reggie, aber leider wünsche ich mir das wirklich.«

»Wie ist dieser Onkel Reggie denn?«

»Gütig, freundlich, aufmerksam, kreativ. Er gibt einem nie das Gefühl, dass man im Weg steht oder dass er lieber woanders wäre.« Obwohl ihr während des Erzählens der Appetit langsam verging, biss sie erneut in ihren Hamburger. »Davon abgesehen, gibt es aber eine Sache, in der sich mein Vater und ich völlig einig sind, nämlich das, was seine Ziele und die Menschen, denen er hilft – denen *wir* helfen –, angeht.« Sie räusperte sich. »Ich organisiere seine Wohltätigkeitsarbeit.«

Jason nickte nur. Er wollte sie nicht unterbrechen.

»Am Dienstagabend vor sechs Tagen verließ ich sein Büro«, erzählte Lilly weiter. »Ich hatte ein paar unterschriebene Dokumente für eine Familie dabei, die soeben die Zusage bekommen hatte, dass ihrem todkranken Kind ein Herzenswunsch erfüllt werden sollte: eine Reise ins Skigebiet von Vail, Colorado.«

»Moment. Wo fand das Ganze statt?«

»In Washington, D. C., im Wahlkampfbüro meines Vaters. Ich arbeite gar nicht dort, sondern habe ein Büro ganz in der Nähe. Aber ich benötigte seine Unterschrift auf den Papieren, und zwar sofort, damit sich das Projekt nicht verzögerte. Deshalb war ich damit zu ihm gegangen. Meine Freundin Jenny, eine Anwältin, die ebenfalls in der Nähe arbeitete, wollte an diesem Abend mit mir Mittagessen gehen. Ich rief sie an und sagte ihr, dass ich mich ein wenig verspäten würde und wir uns direkt vor dem Restaurant treffen könnten, aber sie meinte, sie würde im Parkhaus auf mich warten, damit wir dann zusammen hinfahren könnten.«

»Okay«, sagte Jason, als sie eine Pause machte. »Weiter.«

»Es war schon spät. Fast alle Büros waren schon leer, aber es gibt einen Sicherheitsdienst im Parkhaus und Kameras und eine Wache am Tor.« Sie zuckte die Achseln. »Deshalb macht es mir nichts aus zu kommen oder zu gehen, wenn es dunkel ist.«

Jason sah, dass die Erinnerungen über sie hereinbrachen. »Aber damals ist etwas passiert.«

»Und ob. Jenny schickte mir eine SMS. Sie stünde beim Aufzug im dritten Stock. Mein Auto stand im gleichen Stockwerk. Ich schrieb zurück, dass ich meinen Geldbeutel in meinem Auto vergessen hätte und holen müsse, sie solle kurz warten, ich sei gleich bei ihr.«

»Sie wollten also Ihren Geldbeutel holen und dann zu ihr ins Auto steigen.«

»Genau. Es war nicht weit, also war es kein Umstand für sie, mich später nach dem Essen wieder ins Parkhaus zu fahren. Es ist schon schwer genug in D. C. einen Parkplatz zu finden, geschweige denn zwei.«

»Klar.«

»Ich nahm die Papiere von meinem Vater entgegen und ging zum Parkhaus. Genau in dem Bereich, wo wir uns treffen wollten, stand eine Art Gerüst, wegen einer Renovierung, nehme ich an. Jenny wollte nicht um das Ding herumfahren, weil dann der Weg aus dem Parkhaus heraus so viel länger war. Deshalb hatte ich ihr geschrieben, sie solle beim Aufzug warten.« Sie schluckte und schlug die Augen nieder.

»Und dann?«

»Ich stieg aus dem Aufzug und holte mein Portemonnaie aus meinem Auto, dann wollte ich zu ihrem Auto gehen. Ich war schon beinahe dort, als ich ein lautes Geräusch hörte. Einen Knall.«

»Ein Schuss«, sagte er.

Sie nickte. »Ich dachte, irgendjemand hätte einen Feuerwerkskörper angezündet, und ging einfach weiter. Dann schrie jemand. Ich rannte auf das Schreien zu und sah eine Frau. Sie schwankte und presste eine Hand auf ihre Seite.« Lilly erinnerte sich an das Blut an den Fingern der Frau. Ihr wurde schlecht. »Dann sank sie auf die Knie. Und ich hörte noch einmal dieses Geräusch.«

»Es wurde wieder auf sie geschossen?«

Tränen traten ihr in die Augen. »Ich war so gebannt, dass ich kaum meine Augen von ihr nehmen konnte, aber ich wollte auch sehen, wer geschossen hatte. Und da stand er, ganz dicht, die Waffe auf sie gerichtet.« Ihre Stimme erstarb zu einem Flüstern. »Und dann drückte er ein drittes Mal ab. Ich wusste, dass ich wegrennen musste, so schnell wie möglich, aber ich konnte mich nicht bewegen, ich war wie ... eingefroren.«

Er legte die Hand über ihre kalten Finger. »Das ist doch ganz normal.«

Sie war froh über seinen Trost, während sie weiter versuchte, sich an die Ereignisse jenes Abends zu erinnern. »Ich muss irgendein Geräusch gemacht haben. Er blickte zu mir, sah mir direkt in die Augen. Ein paar Sekunden starrten wir uns an, dann hob er die Waffe und zielte auf mich.«

Jason erstarrte.

»Plötzlich lief die Zeit wieder und ich rannte«, sagte

sie. »Die Kugel verfehlte mich um wenige Zentimeter. Ich sprang in Jennys Auto und schrie, sie solle losfahren. Sie wusste sofort, dass etwas Schlimmes passiert war, und zögerte keine Sekunde. Wir schafften es, aus der Garage herauszukommen, und fuhren ein paar Minuten ziellos herum, bis ich wieder denken konnte. Ich sagte ihr, sie solle zur Polizei fahren, weil der Mörder mich gesehen hatte.«

»Und Sie ihn«, murmelte er.

»Ja.«

»Haben Sie den Notruf gewählt?«

»Ich habe es versucht. Ich hatte das Handy schon in der Hand, aber Jenny bog in der Eile abrupt in eine scharfe Kurve und fuhr dabei über die Bordsteinkante. Mir fiel das Handy herunter und es rutschte unter den Sitz. Ich tastete danach, doch da fuhr sie bereits auf den Parkplatz der Polizeiwache. Das Parkhaus, in dem es passiert war, war nur ein paar Straßen davon entfernt.«

»Dann gingen Sie hinein.«

Sie nickte. »Ich war ein bisschen hysterisch und meine Erzählung klang anfangs ziemlich konfus. Es dauerte ein Weilchen, bis ich den Ablauf richtig beschreiben konnte.«

»Sehr verständlich.«

»Dann rasten die Beamten zum Tatort und ...«

Sie erinnerte sich, wie sie an den Ort gegangen waren, wo sie den Mord an der Frau mit angesehen hatte.

Und wie sie schockiert auf den Boden gestarrt hatte, auf das, was sie sah – oder vielmehr nicht sah.

Er drückte ihre Finger. »Und dann?«

»Nichts ...«

»Was heißt das, *nichts*?«

»Es sah aus, als sei überhaupt nichts passiert. Es gab keine Leiche, kein Blut ... nichts.« Sie sah ihm in die Augen. »Es war, als sei es nie geschehen.«

Jason schluckte. »Aber Sie wussten es besser.«

»Ja, natürlich, aber ...« Lilly schüttelte den Kopf. »Ich begreife nicht, wie er alles so schnell beseitigen konnte. Es waren doch bestimmt noch andere Leute im Parkhaus, die hinauf- und hinuntergingen und in ihre Autos stiegen. Wie war es möglich, dass keiner etwas gesehen hatte?«

»Wo war der Sicherheitsdienst?«

»Der Mann sagte auch, er hätte nichts gehört.«

»Aber er war sicherlich in seiner Loge ganz unten. Sie waren im dritten Stock.« Jason zuckte die Achseln. »Gut möglich, dass er tatsächlich nichts gehört hat, wenn er die Tür und die Fenster geschlossen hatte.«

»Das hatte er höchstwahrscheinlich, es war nämlich ziemlich kalt draußen.«

»Und die Kameras? Gab es denn kein Bildmaterial?«

»Sie haben sich die Filme angeguckt, aber es war nichts zu sehen. Als alles vorbei war, dachten die Beamten, ich sei ein Fall für den Psychiater ... oder hegte einen Groll gegen meinen Vater und versuchte, seinem Wahlkampf zu schaden.«

»Was hat denn Ihr Vater zu dem Ganzen gesagt?«

»Er sagte, dass er wüsste, dass ich ihm niemals schaden würde. Dass ich genauso leidenschaftlich für unsere Ziele arbeitete wie er selbst. Dass er zwar nicht verstehe, was hier vorgefallen war, dass er aber auf jeden Fall Nachforschungen anstellen wolle. Er meinte aber auch, ich solle erst einmal Schweigen bewahren, bis irgendjemand Beweise für das fand, was ich gesehen hatte.« Sie rieb sich die Augen und merkte dabei, dass ihr Tränen über die Wangen gelaufen waren. »Aber die Polizei sucht überhaupt nicht nach Beweisen. Das ist das Problem.«

»Und Ihr Vater konnte auch nichts herausbekommen?«

»Nein. Aber ehrlich gesagt, ich weiß auch nicht, wie sehr er es überhaupt versucht hat.«

»Warum?«

»Mein Vater mag keine Konflikte. Vielleicht glaubt er mir, dass ich etwas gesehen habe, aber er will einfach nichts damit zu tun haben.«

Jason runzelte die Stirn. »Aber er tut doch nichts anderes, als Konflikte zu lösen.«

»Ja. Politische Konflikte. Da hängt er sich voll rein. Aber persönliche Konflikte sind eine völlig andere Sache.«

Jason schüttelte verständnislos den Kopf. »Was ist mit der Frau, die ermordet wurde? Sie muss doch vermisst worden sein. Gab es denn keine Vermisstenanzeigen?«

»Ich kannte sie nicht, weiß also nicht, wie sie hieß. Wenn sie vermisst gemeldet wurde, habe ich jedenfalls nichts davon erfahren.«

»Würden Sie sie wiederkennen, wenn Sie ein Foto von ihr sehen würden?«

Sie schauderte. »Ich werde ihr Gesicht niemals vergessen.«

»Lilly, wer war der Schütze?«

Sie zögerte.

»Sie kennen ihn, nicht wahr?«, fragte er.

»Ja.«

»Wer war es?«

»Es war Franklin Rutherford. Der Wahlkampfleiter meines Vaters.«

Jason richtete sich jäh auf. »Donnerwetter!«

»Ich weiß.« Sie schnaubte, nahm sich ein Taschentuch und putzte sich die Nase. »Ich kann es ja selbst nicht glauben. Die Geschichte ist einfach zu absurd. Und es gibt keinerlei Beweise.«

»Dann müssen wir sie finden.«

Sie blinzelte. »Was? Wie?«

»Wir müssen die Frau ausfindig machen. Ihre Spuren zurückverfolgen.«

»Aber wie? Ich weiß doch nicht mal ihren Namen.«

»Ich würde mir gerne mal das Bildmaterial des Sicherheitsdienstes ansehen. Wenn sie im Parkhaus war, könnte sie auch im Gebäude selbst gewesen sein.«

»Vielleicht. Jenny war jedenfalls nicht drin. Sie hat mich nur abgeholt.«

Er kaute nachdenklich auf seiner Unterlippe herum. Nach ein paar Minuten, in denen keiner von beiden sprach, blickte er auf. »Wie groß ist das Gebäude?«

»Zwölf Stockwerke mit Büros. Ganz unten gibt es eine Cafeteria und einen kleinen Supermarkt. Das Büro meines Vaters belegt den gesamten fünften Stock.«

»Ich würde jetzt gern Nolan anrufen und ihm alles erzählen.« Er schwieg kurz, dann fragte er: »Wie ist Ihr richtiger Name?«

»Lillian Maloney.«

»Gut, Lilly. Sind Sie einverstanden, dass mein Bruder hierherkommt und sich die Geschichte anhört?«

»Ich glaube schon«, sagte sie vorsichtig. Was hatte sie schon zu verlieren?

»Um ihn anzurufen, muss ich in den nächsten Ort fahren. Da gibt es ein Tante-Emma-Lädchen mit einem uralten Münztelefon, das aber erstaunlicherweise noch funktioniert. Unsere Handys möchte ich nur im absoluten Notfall benutzen.«

»Meins ist ein Wegwerfhandy, aber wahrscheinlich haben sie irgendwie die Nummer herausbekommen und mich so aufgespürt.«

»Wo haben Sie das ganze Zeug her? Einen gefälschten Ausweis, ein Wegwerfhandy?«

Sie biss sich auf die Lippen. »Von einer Freundin«, sagte sie leise. »Vor sechs Tagen habe ich den Mord beobachtet. Am nächsten Tag war Jenny tot. Als ich von ihrem angeblichen Selbstmord erfuhr, war mir klar, dass ich die Nächste war. Mir blieb nur wegzulaufen, bevor sie mich auch umbringen würden. Die Freundin, die mir geholfen hat, arbeitet in der Rehabilitation von Strafgefangenen. Sie heißt Alicia Day. Sie hat mir den Namen und die Adresse einer der Männer, mit denen sie arbeitet, gegeben. Für einen angemessenen Preis verwandelt er Sie, in wen immer Sie wollen.«

Er nickte. »Würde er diese Information auch an wen immer verkaufen, der vorbeikommt und danach fragt?«

Einen kurzen Moment riss sie entsetzt die Augen auf. »Höchstwahrscheinlich, aber woher sollte irgendjemand wissen, dass ich bei ihm war?«

»Keine Ahnung. Aber wenn diese Leute so entschlossen sind, Sie umzubringen, wie es den Anschein hat, dann haben sie mit Sicherheit ihre Quellen. Sie reden mit allen Ihren Freunden. Es ist doch allgemein bekannt, dass Sie mit Alicia befreundet sind, oder?«

»Ja«, flüsterte sie. »Sie, Jenny und ich standen uns sehr nahe.«

Er nickte. »Dann werden sie mit ihr reden. Wahrscheinlich haben sie es schon.« Er stand auf, trat an eine der Küchenschubladen und kam mit einem Block und einem Stift zurück. »Schreiben Sie Alicias Adresse auf und auch den Namen und die Adresse des Typs, der Ihnen den gefälschten Ausweis gemacht hat.«

Sie tat es. »Sie klingen – und verhalten sich – wie ein Polizist«, sagte sie dann, »nicht wie ein Feuerwehrmann.«

Er lachte. »Das liegt daran, dass ich mit zwei Polizisten zusammenwohne. Und ... ich war auch selbst auf der Polizeiakademie. Auch mein Vater war schon Polizist und Nolan, mein Bruder, ist ebenfalls einer. Wir haben zusammengewohnt, bis er geheiratet hat, und er bespricht oft seine Fälle mit mir.«

»Klingt naheliegend.«

»Sind Sie einverstanden, wenn ich in den Ort fahre und ihn anrufe?«

Sie blinzelte. »Jetzt gleich?«

Er zog die Brauen hoch und beugte sich vor. Er versuchte, so einfühlsam wie möglich zu klingen: »Irgendjemand versucht, Sie umzubringen. Wir dürfen keine Zeit verlieren.«

Sie lehnte sich zurück und holte tief Luft. »Natürlich. Sie haben recht.«

»Wir haben hier keine Alarmanlage, aber es gibt eine Klingel. So hören Sie, wenn jemand die Einfahrt herauffährt.«

»Eine Klingel?«

»Ja. Unsere Mutter wollte sie unbedingt haben. Sie hasst es, von einem Klopfen an der Tür überrascht zu werden. Sie will sich lieber auf Besucher einstellen.« Er betrachtete sie, sah die Anspannung in ihren Schultern. Sie schob nervös die Krümel auf ihrem Teller hin und her. »Lilly? Was ist?«

»Was, wenn sie nicht die Einfahrt herauffahren?«

»Dann ... nun ja.« Dann gäbe es keine Warnung.

Sie blickte auf und seufzte. »Ich würde lieber mit Ihnen fahren wollen. Was, wenn jemand hier auftaucht? Wo soll ich mich dann verstecken? Sie nehmen das einzige Auto, das wir haben. Ich kenne mich in dieser Gegend nicht aus und kann mich nicht verteidigen.«

Er verstand ihre Bedenken. Auch wenn er überzeugt war, dass ihnen niemand gefolgt war, konnte er nicht hundertprozentig sicher sein. Er nickte langsam. »Gut. Sie können mitkommen.« Jason hatte keine Ahnung, ob es eine gute Idee war. Er handelte einfach intuitiv. Auf jeden Fall musste er mit Nolan sprechen.

Sechs

Sie war so müde, körperlich, emotional, geistig. Irgendwann würde sie zusammenbrechen. Aber nicht jetzt! Sie bürstete ihr Haar, zog die Schuhe an und ging ins Wohnzimmer zu Jason.

Doch er war nicht da. Panik ergriff sie. Er war doch wohl nicht ohne sie losgefahren? Sie lief zum Fenster und zog den Vorhang beiseite. Sein Auto war noch da. Ihr Herzschlag beruhigte sich leicht. Sie ließ sich aufs Sofa fallen und den Kopf gegen die Rückenlehne sinken, um wieder zu Atem zu kommen.

Die Dielen knarrten. Sie blickte auf und sah Jason hereinkommen. Ihr fiel auf, wie gut er aussah. Dabei war er kein bisschen arrogant oder eingebildet, sondern einfach von einer ruhigen Selbstsicherheit, die sie als sehr angenehm empfand.

Er lächelte, als er sie sah. Sie spürte, wie sie rot wurde. In dem Versuch, das vor ihm zu verbergen, befahl sie sich energisch, sich zusammenzureißen. Sie war auf der Flucht vor einem Mörder. Dass sie sich nun von dem Mann angezogen fühlte, der ihr das Leben gerettet hatte – und das gleich zwei Mal – war wahrscheinlich völlig normal und würde vergehen, wenn die Gefahr vorüber war. Vorausgesetzt, sie überlebte.

»Fertig?«, fragte Jason.

Sie gingen zum Auto, stiegen ein und fuhren los. Lilly schwieg, doch Jason schien zum Reden aufgelegt.

»Also«, fing er an, »als Erstes brauchen wir die Identität der Frau, die erschossen wurde. Und wir müssen herausfinden, was Franklin Rutherford kurz vor und nach dem Zwischenfall vorhatte.«

»Dem Mord«, sagte sie leise. »Es war mehr als ein Zwischenfall.«

»Natürlich. Tut mir leid. Der Mord. Und wir brauchen das Bildmaterial vom Sicherheitsdienst. Ich frage Nolan, ob er uns eine Kopie aus dem Parkhaus besorgen kann. Was fehlt noch?« Bevor sie antworten konnte, sagte er: »Wir müssen Nolan fragen, ob er es ermöglichen kann, dass Sie die Berichte über die letzten Vermisstenmeldungen durchsehen können.«

»Das können wir versuchen, aber ich bezweifle, dass sie als vermisst gemeldet wurde. Ich habe seit diesem Tag sehr auf die Nachrichten geachtet. Es gab seither nur zwei weibliche Vermisste. Bei keiner von beiden entspricht die Beschreibung der Frau, die ich gesehen habe.«

»Gut. Wir werden das im Hinterkopf behalten, aber ich denke, wir sollten das trotzdem prüfen.« Nach einer kurzen Pause fuhr er fort: »Und wir müssen herausfinden, für wen der Typ im Krankenhaus gearbeitet hat.«

»Das kann ich Ihnen sagen: Franklin Rutherford.«

»Das vermuten Sie zumindest«, sagte Jason und fügte nachdenklich hinzu: »Wir müssen irgendwie mit ihnen in Verbindung treten …«

Sie sah zu ihm hinüber. »Sind Sie sicher, dass Sie in Ihrem Herzen nicht doch Polizist sind?«

Er lächelte sie an. »Möglich. Ich war hin- und hergerissen zwischen der Entscheidung für die Polizei und der für die Feuerwehr.«

»Und Sie haben die Feuerwehr gewählt?«

Er zuckte die Achseln. »Zuerst nicht. Ich habe eine Ausbildung zum Polizisten gemacht. Aber es ist schwer zu erklären. Ich hatte irgendwie das Gefühl, meine Talente bei der Feuerwehr besser einsetzen zu können. Als Kind war ich fasziniert vom Feuer. Nicht unbedingt davon, eins anzuzünden, sondern zu verstehen, wie es funktioniert.«

»Wie es funktioniert? Brennt es denn nicht einfach?«

Lachend schüttelte er den Kopf. »Nein. Manchmal wirkt es, als ob es einen eigenen Plan verfolgt. Auch als Polizist habe ich versucht, alles darüber zu lernen. Ich wollte Brandstiftungen aufklären und habe in jeder freien Minute ehrenamtlich bei der Feuerwehr gearbeitet. Irgendwann wurde mir klar, dass Brandbekämpfung meine Berufung war. Inzwischen brauche ich nur noch das Abschlussexamen, dann kann ich in die Leitungsebene aufsteigen.«

»Alle Achtung.«

»Danke.« Er räusperte sich.

»Aber warum sind Sie dann überhaupt auf die Polizeiakademie gegangen?«

Er zuckte die Achseln. »Weil ich dachte, dass es von mir erwartet wird. Wenn Sie aus einer Polizistenfamilie stammen, dauert es manchmal ein Weilchen, bis Sie erkennen, dass Sie auch einen anderen Beruf ergreifen können.«

»Also ich bin jedenfalls sehr dankbar, dass Sie sich für die Feuerwehr entschieden haben. Sonst gäbe es mich vielleicht schon nicht mehr.«

Er lächelte wieder. »Also ... was müssen wir Nolan noch fragen? Ich hätte es mir in der Hütte aufschreiben sollen.«

»Ich glaube, das war's erst einmal«, erwiderte Lilly.

»Gut. Wir sind nämlich da.«

* * *

»Sie bleiben hier, in Ordnung?«

Sie nickte.

Jason fischte ein paar Münzen aus dem Becherhalter, stieg aus und schlug die Tür zu. Das Münztelefon befand sich seitlich neben dem Eingang zum Laden. Er nahm den Hörer ab und warf ein paar Münzen ein.

Dann wählte er Nolans Nummer und war dankbar, dass sein Bruder sich sofort nach dem ersten Klingeln meldete.

»Ist alles in Ordnung?«, fragte Nolan.

»Momentan ja, aber du musst herkommen und dir ihre Geschichte anhören. Hier geht etwas Seltsames vor. Wenn wir ihr nicht helfen, wird sie umgebracht werden, wie ihre Freundin.« Jason rieb sich die Augen, dann erzählte er Nolan, was er von Lilly erfahren hatte.

Als er fertig war, stieß Nolan einen leisen Pfiff aus. »Das ist ja ein Ding.«

»Ja, nicht wahr? Der Kerl im Krankenhaus sagte, Lilly sei nur ein Job für ihn. Irgendjemand hat ihn engagiert. Wenn man Lilly glauben darf, war es Rutherford. Und ich glaube ihr. Diese Leute scherzen nicht, Nolan. Und sie wissen, dass ich bei ihr bin.«

»Dann haben sie es jetzt auch auf dich abgesehen.«

»Genau. Und sie werden mich finden. Aber uns bleibt hoffentlich genügend Zeit, einen Plan zu entwerfen, wie wir sie zuerst finden. Du musst die Fotos von kürzlich Vermissten mitbringen, damit sie sie sich ansehen kann.«

Nolan seufzte. »Ich weiß, was du meinst. Ich könnte mein Notebook mitbringen, dann kann sie die Fotos durchgehen, aber – Jason – ich, äh ...«

»Und wir brauchen das Bildmaterial aus den Kameras des Sicherheitsdienstes eines ganz bestimmten

Parkhauses.« Er gab Nolan die Adresse, das Datum und die ungefähre Zeit. »Und ...«

»Jace!«

»Was?«

»Ich kann Kallie jetzt nicht allein lassen.«

»Oh. War der Termin nicht erst nächste Woche?«

»Ja, aber sie hat seit zwei Tagen immer wieder Wehen.«

Jason fuhr sich mit der Hand durchs Haar. »Okay. Das verstehe ich. Kannst du jemand anders schicken?«

»Warte mal kurz.« Jason hörte Stimmen im Hintergrund, dann war Nolan wieder da. »Alles gut. Kallie sagt, ich soll mich nicht so anstellen und dir helfen. Ich fahre in zehn Minuten los.«

»Großartig. Sag Kallie vielen Dank.«

»Ja, ja.« Er schwieg kurz gedankenverloren, dann sagte er: »Überleg dir einen Fluchtplan und pass auf dich auf, bis ich bei euch bin.«

»Mach ich. Ach, und – Nolan?«

»Ja?«

»Bring mir eine Waffe mit.«

Er hörte, wie sein Bruder scharf Luft holte. »Okay. Ist dein Waffenschein gültig?«

»Ja, das weißt du doch.«

Nolan seufzte. »Dann bis gleich.«

Jason legte auf und ging zurück zum Auto. »Ich gehe rasch in den Laden und kaufe ein paar Sachen, ja?«

»Moment. Ich habe Bargeld«, sagte Lilly.

»Ich auch. Sparen Sie Ihres auf. Sie brauchen es vielleicht noch dringender als ich meins.«

Sie biss sich auf die Lippen und nickte.

Das Einkaufen dauerte nicht lange. An der Kasse nahm er noch zwei neue Simkarten und legte sie auf die Theke.

Er kannte den Kassierer nicht. »Wo ist Henry?«

»Hat heute frei. Ich bin CJ.« Der Neue strahlte ihn an. »Henry hat mich vor sechs Wochen eingestellt. Wohnen Sie hier?«

»Ich bin nur für heute Nacht hier«, sagte Jason ausweichend.

»Cool. Urlaub, was?« Der junge Mann verstaute die Sachen in einer Tüte und nahm das Geld, das Jason ihm reichte. »Dann einen schönen Abend noch.«

»Danke.«

Jason ging zurück zum Auto und stieg ein.

Lilly sah ihn an. »Und?«

»Nolan kommt her.«

Auf der Rückfahrt zur Hütte war sie erneut sehr schweigsam und er spürte ihre Anspannung. Ihr Blick wanderte immer wieder zum Rückspiegel.

»Ich sorge dafür, dass Sie in Sicherheit sind«, sagte er leise.

Sie seufzte. »Das klingt gut, aber die einzige Möglichkeit, das zu garantieren, ist, Franklin Rutherford hinter Gitter zu bringen.«

»Dann werden wir das tun.« Er bog in die Auffahrt

ein und hielt an, stellte den Motor jedoch nicht ab. »Gehen Sie rein und packen Sie eine Tasche. Nehmen Sie an Kleidung, was immer Sie finden, für etwa eine Woche.«

»Was haben Sie vor, Jason?«

»Ich will Sie in Sicherheit wissen und dafür müssen wir schlau sein. Schlauer als die Leute, die hinter Ihnen her sind.«

Sie seufzte. »Gut.«

»Ich werde vor Ihrem Fenster parken, damit Sie im Haus bleiben können und möglichst wenig vor der Hütte rumlaufen müssen. Werfen Sie Ihre Tasche heraus. Ich stelle sie in den Jeep, dann packe ich auch für mich ein paar Sachen ein.«

»Sie glauben, dass sie uns hier finden?«

»Vermutlich schon.«

»Okay. Das glaube ich nämlich auch.«

Sie stieg aus und schlug die Tür zu. Er sah ihr nach, wie sie in die Hütte ging, und sprach ein kurzes Stoßgebet, in dem er Gott um Schutz bat. Er hatte das deutliche Gefühl, dass diese ganze Geschichte sehr bald sehr hässlich werden könnte.

Sieben

Lilly beeilte sich, die kleine Reisetasche zu packen, die sie im Schrank gefunden hatte. Sie legte zweimal Kleidung zum Wechseln hinein, dazu Unterwäsche und Fläschchen mit Shampoo und Duschgel, die irgendjemand in den Schrank gestellt hatte.

Dann ging sie zurück ins Schlafzimmer und trat ans Fenster. Sie entriegelte es, öffnete es und warf die Tasche hinaus. Jason fing sie und stellte sie hinter dem Beifahrersitz auf den Boden.

»Ich schulde Ihren Cousinen etwas«, sagte sie.

»Machen Sie sich darüber keine Gedanken. Ich glaube nicht, dass ihnen irgendetwas fehlen wird.« Er ließ die Wagentüren offen und kam um die Hütte herum ins Haus. Lilly hörte, wie er die Vordertür öffnete und sie dann hinter sich abschloss.

Sie ging zu ihm in den Wohnraum. Er reichte ihr eine der beiden neuen Simkarten. »Kommen Sie, wir richten sie ein und speichern unsere neuen Nummern gegenseitig ein. Und auch die von Nolan.«

Die folgenden Minuten waren sie mit ihren Handys

beschäftigt. Als sie fertig waren, lehnte sie sich zurück und schloss die Augen.

»Ist alles in Ordnung?«

»Ja, ich bin nur müde.«

»Das könnte auch noch eine Nachwirkung des Kohlenmonoxids sein. Ich sag Ihnen was. Ich werde sämtliche Spuren, dass wir hier waren, beseitigen und das Geschirr abwaschen. Wenn sie kommen, nachdem wir schon weg sind, soll es nicht so aussehen, als seien wir je hier gewesen.«

Sie nickte. »Gut, wenn Sie es für richtig halten.«

»Das tue ich.«

»Okay. Ich auch, glaube ich. Danke.« Sie steckte ihr Handy in die Hosentasche und ging in das Schlafzimmer. Das Fenster war wieder geschlossen und verriegelt, doch das tröstete sie nicht. Glas ließ sich leicht zerbrechen. Mit der Faust oder mit einer Kugel. Beides würde seinen Zweck tun. Sie schloss die Fensterläden und legte sich aufs Bett.

Beim Hinlegen schloss sie die Augen, riss sie jedoch im nächsten Moment wieder auf. Sie durfte nicht einschlafen! Aber die Müdigkeit übermannte sie. Erneut schloss sie die Augen und sprach ein stummes Dankgebet für Jason Tanner.

Sie musste eingeschlafen sein, denn als sie eine Hand auf ihrer Schulter spürte, schrak sie hoch.

»Ich bin's nur, Lilly«, sagte Jason.

Mit klopfendem Herzen ließ sie sich wieder zurücksinken. Ihr Herzschlag beruhigte sich nur langsam. »Tut mir leid, ich bin ein bisschen schreckhaft.«

»Dazu haben Sie auch allen Grund.«

»Ist Ihr Bruder schon da?«

»Ja. Ich habe mit ihm geredet und Sie schlafen lassen. Bisher keine Anzeichen für unbefugte Besucher.«

Sie schwang die Beine über den Bettrand und schlüpfte in die Schuhe. »Ich mache mich nur rasch ein wenig frisch, dann komme ich zu Ihnen.«

Er ging. Sie rieb sich das Gesicht, dankbar, dass ihr ein wenig leichter ums Herz und sie nicht mehr ganz so müde war. Der Schlaf hatte gutgetan.

Dann ging sie ins Wohnzimmer. Die beiden Männer saßen auf dem Ledersofa, sprachen miteinander und nippten dabei an ihren Gläsern mit Mineralwasser. Auf dem Tisch vor ihnen stand ein geöffnetes Notebook.

Als sie eintrat, stand Nolan auf und streckte ihr die Hand entgegen. »Nolan Tanner.«

»Lillian Maloney. Aber sagen Sie einfach Lilly.« Sie schüttelte ihm die Hand.

»Tut mir leid, dass Sie solchen Ärger haben.«

»Ja, danke.« Sie setzte sich auf den Zweisitzer gegenüber des großen Sofas.

»Jason hat mir Ihre Abenteuer erzählt. Ich habe ein paar Recherchen angestellt.«

»Haben Sie etwas Interessantes herausgefunden?«

»Werfen Sie als Erstes mal einen Blick auf die Personen, die bundesweit als vermisst gemeldet wurden. Ich habe sie ein bisschen sortiert, nach Alter und Geschlecht. Es sind nicht viele – zum Glück.«

Lilly zog das Notebook zu sich herüber und klickte die Fotos durch. Es waren dreiundzwanzig – nicht viele, aber dreiundzwanzig zu viel. Einige der betreffenden Personen waren bereits vor dem fraglichen Datum verschwunden. Sie betrachtete sie ebenfalls, konzentrierte sich aber vor allem auf die neueren Vermisstenmeldungen.

Bei einem der Fotos stockte ihr der Atem.

Jason beugte sich vor. »Erkennen Sie jemanden?«

»Ja.« Sie erkannte die Frau auf dem Foto. Es war die Ermordete. »Es kam aber nicht in den Nachrichten, dass sie vermisst wird, jedenfalls nicht in den letzten beiden Tagen.«

Nolan zog das Notebook zu sich her und betrachtete die Frau, auf die sie deutete. »Es heißt hier, ihr Name sei Melissa Miller.«

»Was?« Lillys Blick war verwirrt und entsetzt zugleich.

»Wer ist das?«, fragte Jason.

»Das ist ... Franklins neue Sekretärin. Ich kenne nur ihren Namen und bin ihr nie begegnet.«

»Der Wahlkampfmanager Ihres Vaters hat eine Sekretärin?«

»Assistentin trifft es vielleicht besser. Ja, das ist sie. Wann wurde sie als vermisst gemeldet?«

»Gestern.«

»Sie wurde vor einer Woche umgebracht und erst jetzt als vermisst gemeldet?«

Nolan klickte einen Link an, der die Einzelheiten zu der Vermisstenmeldung enthielt. Er überflog den Text, dann sah er Lilly an. »Ihre Familie glaubte anscheinend, sie mache mit einem neuen Freund Urlaub in der Karibik. Vorgestern wurde sie zurückerwartet. Als sie nicht auftauchte, machten ihre Angehörigen sich Sorgen und riefen die Polizei. Ihre Wohnung wurde durchsucht. Dabei stellte man fest, dass sie gar nicht erst weggefahren war. Auf ihrem Bett lag ein offener Koffer.«

»Woher stammt ihre Familie?«

»Aus ...« Nolan schaute wieder auf den Bildschirm, schwieg kurz und schob das Notebook dann beiseite. »Aus Los Angeles. Offenbar arbeitete Melissa schon immer in der Politik und wollte nach Washington, D. C., ziehen, um bei den ganz Großen mitzumischen.«

»Moment mal. Franklin wohnt zwar in D. C., fliegt aber häufig nach L. A. Er hat dort eine Zweitwohnung. Halten Sie es für möglich, dass die beiden sich dort kennengelernt haben und er sie zu sich geholt hat?«

»Das könnte natürlich sein. Hier heißt es, sie sei vor vier Wochen eingestellt worden, nach Washington gezogen, hätte eine Wohnung gemietet und angefangen, für Rutherford zu arbeiten.«

»Und drei Wochen nach Arbeitsantritt wollte sie in Urlaub fahren?«, fragte Jason.

Nolan schnalzte mit der Zunge. »Beziehungen sind alles.«

»Sieht so aus«, meinte Jason.

»Er hat sie erschossen«, meinte Lilly leise. »Er hat drei Mal auf sie geschossen. Wie hat er es geschafft, keinerlei Spuren zu hinterlassen?«

»Ich habe einen Freund bei der Polizei von Asheville, er heißt Greg Masters. Es gibt nichts, was er mit einem Computer nicht kann. Er kümmert sich um die ganzen forensischen Angelegenheiten. Ich habe das Bildmaterial des Sicherheitsdienstes aus dem Parkhaus besorgt. Da die Durchsicht nichts ergeben hat und keine weiteren Nachforschungen angestellt werden, haben sie es mir tatsächlich überlassen. Greg will mal sehen, was sich herausholen lässt.«

»Du meinst, es wurde daran herumgebastelt?«, fragte Jason.

»Der Gedanke liegt nahe.«

Lilly nickte. »Aber das erklärt nicht, warum in der Garage selbst keinerlei Spuren zu finden waren. Ich war schließlich mit den Polizisten dort und ...«, sie breitete hilflos die Hände aus, »ich habe keine Erklärung dafür.«

»Es gibt irgendeine Erklärung«, sagte Nolan. »Und wir werden sie finden. Jetzt, wo wir das Opfer identifiziert haben, sieht die Sache nämlich völlig anders aus.«

»Was ist mit Rutherford?«, fragte Jason.

»Ich habe auch über ihn einige Recherchen angestellt. Oberflächlich ist er sauber.«

»Und unter der Oberfläche?«, fragte Lilly.

»Seine Frau hat vor ein paar Jahren die Scheidung eingereicht, wegen Untreue.«

Lilly zuckte zusammen. »Er hatte ein Verhältnis?«

»Das war ihr Scheidungsgrund.«

»Dann hat sie es nicht zu Ende geführt. Sie sind noch immer verheiratet.«

»Keine Ahnung, warum. Ich brauche noch ein bisschen Zeit, um in die Details zu gehen.«

»Wahrscheinlich hat er sie überredet, bei ihm zu bleiben«, sagte Lilly. »Er ist wie mein Vater. Der äußere Schein geht ihm über alles.«

»In der kurzen Zeit, die mir zur Verfügung stand, konnte ich nichts über eine Geliebte herausbekommen, und um zu erfahren, ob größere Summen den Besitzer gewechselt haben, brauche ich Zugang zu den Unterlagen des Finanzamts. Und dafür brauche ich einen Durchsuchungsbeschluss.«

»Wofür Sie nicht genügend Beweise haben«, murmelte Lilly.

»Nein, leider nicht.«

»Dann müssen wir die Beweise eben beschaffen«, sagte Jason.

»Und wie?«

Er kratzte sich am Kinn. »Ich denke mal nach.«

Ein Glockenton erklang. Nolan und Jason erstarrten, dann standen beide auf.

»Es kommt jemand«, stellte Jason unnötigerweise fest.

»Hier kommt nie jemand«, kommentierte Nolan. »Die Wahrscheinlichkeit, dass das ein Feind ist, liegt höher als die, dass es ein Freund ist.«

Acht

Nolan hatte bereits sein Handy in der Hand und tippte eine Nummer ein. »Ich rufe Verstärkung. Ihr beide müsst hier weg.«

Jason runzelte die Stirn. »Und du?«

»Hinter mir sind sie nicht her.«

»Aber hinter uns und wenn wir verschwinden, könnten sie dich benutzen, um uns zu kriegen.«

»Geht einfach. Die Kollegen sind jede Minute hier. Ich habe mir eure neuen Handynummern eingeprägt.« Er sah aus dem Fenster. »Gerade haben sie die Scheinwerfer ausgemacht. Sieht so aus, als ob sie von der Straße in den Wald abfahren. Jetzt sehe ich gar nichts mehr.« Er schüttelte den Kopf. »Es sind mit Sicherheit keine Freunde.« Er drehte sich um. »Los, raus hier. Ich gebe euch Deckung.«

Jason griff nach Lillys Hand und zog sie zur Hintertür im Küchenbereich. Er schaute hinaus. Es war nichts zu sehen, doch das musste nicht bedeuten, dass niemand da war.

»Das Fenster?«, fragte sie.

»Ja«, sagte Jason.

»Mein Auto steht vor der Tür«, sagte Nolan. »Ich gehe raus und steige ein. Völlig unbefangen, als hätte ich auf der weiten Welt keinen Grund zur Sorge. Vielleicht kann ich sie so erst mal ablenken.«

»Achte darauf, dass dein Auto zwischen dir und ihnen ist.«

Nolan schaltete das Verandalicht ein. Jason wusste, dass, wer immer jetzt dort draußen war, freie Sicht auf Nolan haben würde, wenn er das Haus verließ. *Herr, du hast ihn schon so oft beschützt, bitte tu es auch heute,* betete er im Stillen.

Nolan griff nach seinem Notebook. »Ruft an, wenn ihr es geschafft habt.« Dann ging er zur Vordertür hinaus.

Jason führte Lilly in den hinteren Teil des Hauses. In ihrem Schlafzimmer schlichen sie sich ans Fenster, sodass sie von draußen nicht zu sehen waren.

»Sie wussten, dass das passieren würde«, sagte Lilly zu Jason.

»Es zahlt sich aus, vorbereitet zu sein.« Als er die Angst in ihrer Stimme hörte, war er doppelt froh, dass er auf sein Bauchgefühl vertraut hatte. Er öffnete das Fenster, stieg hinaus und drehte sich um, um ihr zu helfen. »Schnell. In den Jeep.«

Jason hechtete hinüber auf die Fahrerseite und stieg ein. Lilly verschwendete keine Zeit, stieg ein und schlug die Tür zu.

Die erste Kugel prallte vom Seitenspiegel auf der

Beifahrerseite ab. Lilly zuckte heftig zusammen. Mit einem heftigen Ruck schob Jason sie vom Beifahrersitz in den Fußraum. »Unten bleiben.«

Der Motor heulte auf, Jason stieß den Wagen zurück. Er hörte einen zweiten Schuss und registrierte, dass die Kugel im Heck des Jeeps einschlug. Er fuhr weiter rückwärts, an Nolan vorbei, der seine Waffe erhoben hatte und auf einen Mann zielte, der sie zu Fuß verfolgte.

Der Eindringling hatte seinen SUV im Wald geparkt, Jason hatte also freie Fahrt. Noch ein Schuss erklang. Und noch einer.

In dem Moment, in dem die Hinterräder am Ende der langen Auffahrt die Straße berührten, kurbelte Jason das Steuer wild nach rechts und bog scharf auf die Straße ab. Sofort beschleunigte er den Jeep.

Der Kugelhagel endete. Auf der Straße kamen ihnen Polizeiautos mit Sirenen und Blaulicht entgegen, während sie sich in Höchstgeschwindigkeit von der Hütte entfernten. Lilly setzte sich auf und sah zu Jason hinüber.

»Rufen Sie Nolan an. Fragen Sie, ob er in Ordnung ist. Die Angreifer waren zu zweit.«

Sie holte das Handy heraus, er fuhr weiter und behielt dabei den Rückspiegel im Auge.

»Nolan? Sind Sie okay?«

»Ja. Ich habe den Typen erwischt, der auf euch geschossen hat, aber der andere hat im Auto gewartet und verfolgt euch jetzt. Ich habe es weitergegeben. Inzwischen sollten auch Polizeikräfte auf seiner Spur sein. Ich muss hierbleiben und die Sache klären. Gebt mir Bescheid, wo ihr hinfahrt.«

»Machen wir«, sagte sie und versuchte, ihre Panik zu unterdrücken. »Danke.« Sie beendete das Gespräch. »Wir werden verfolgt. Nolan ist in Ordnung, aber er hat einen von ihnen angeschossen.«

»Das dachte ich mir schon, als keine Kugeln mehr kamen.«

»Wo fahren wir hin?«

Er warf abermals einen Blick in den Rückspiegel und seufzte. »Ich weiß es selbst nicht, aber es spielt auch keine Rolle, solange wir unseren Schatten nicht los sind.«

Die nächsten Minuten schwiegen sie. Irgendwann bog er scharf links ab. Der SUV, der sie verfolgte, schoss an ihnen vorbei. Sie sahen, wie seine Bremslichter aufleuchteten. Jason bog erneut links ab und gleich darauf noch einmal. Dann fuhr er in die Auffahrt eines Anwesens, um das Haus herum auf die Rückseite des Gebäudes und stellte das Licht aus.

»Was, wenn uns jemand aus dem Haus sieht?«, fragte sie leise, als könnten die Bewohner sie hören.

»Dann sage ich ihnen, dass wir vor einem Mörder fliehen.«

»Hm. Das kommt sicher gut.« Sie spürte, wie das Adrenalin durch ihren Körper schoss.

»Ich glaube, wir müssen einen kleinen Roadtrip machen«, sagte er schließlich nach ein paar Minuten des Wartens, in denen nichts passierte.

»Wohin?«

»Nach Washington, D. C.«

Lilly hob eine Braue.

»Dort hat schließlich alles angefangen, oder?« Er zuckte mit den Schultern. »Dann werden wir dort wohl auch unsere Antworten finden.«

* * *

Sobald er sicher war, dass sie ihren Verfolger abgeschüttelt hatten, ließ er Lilly ans Steuer. Jason war erschöpft. Er kannte seine Grenzen. Entweder ließ er sie fahren oder sie mussten irgendwo anhalten und er musste ein Weilchen schlafen. Doch da sie beide so schnell wie möglich vorankommen wollten, hatte Lilly darauf bestanden, dass sie fuhr und er ein paar Stunden schlief. Die mehrstündige Fahrt verging ohne Zwischenfälle.

Jason wachte langsam auf und rieb sich die Augen. »Wie weit sind wir?«

»Noch etwa zwei Stunden von der Stadt entfernt.«

»Oje. Ich muss müder gewesen sein, als ich dachte.«

»Schon gut. Ich war nicht müde.« Dafür hatte sie gerade viel zu viel Angst.

»Und jetzt?«

Sie schüttelte den Kopf. »Je näher wir kommen, desto stärker steigt mein Adrenalinspiegel wieder.«

»Verstehe.«

»Ich würde gerne in meine Wohnung«, sagte sie. »Glauben Sie, das ginge?«

Er dachte darüber nach. »Vielleicht ist das der letzte Ort, an dem sie nach Ihnen suchen.«

»Es sei denn, Rutherford lässt sie überwachen, falls ich zurückkomme.« Sie biss sich auf die Lippen und schwieg. »Aber selbst wenn, vielleicht komme ich hinein, ohne dass es jemand merkt.«

»Wie wollen Sie das anstellen?«

»Ich wohne in einem Haus mit lauter Eigentumswohnungen ganz oben. Das Haus hat mehrere Ein- und Ausgänge. Wir könnten das Haus einfach durch eine der Seitentüren betreten.«

»Wenn die nicht auch überwacht werden ...«

»Ich kann Onkel Reggie anrufen und fragen, ob er die Wohnung zuerst für uns durchsucht.«

»Erzählen Sie mir mehr von Ihrem Onkel Reggie.«

»Er ist wundervoll. Er ist derjenige, der mich gelehrt hat, wie ein echter Vater ist. Während mein Vater arbeitete, ist Reggie mit mir in den Zoo gegangen, zum Seilrutschen in den Park und zum Eislaufen in den Central Park.«

»Central Park? Der ist aber nicht in Washington.«

»Ich weiß. Es war ein Wochenendausflug nach New York City.«

Jason stellte überrascht fest, dass sie lächelte. Das erste Mal, seit er sie kannte, wirkte sie für einen kleinen Augenblick entspannt und glücklich.

»Anlässlich meines sechzehnten Geburtstages ist er sogar mit mir nach Frankreich geflogen«, erzählte sie weiter.

»Was macht er beruflich?«

»Er handelt mit hochpreisigen Immobilien in Washington, D. C. Das Haus, in dem ich wohne, gehört ihm. Seine Wohnung liegt neben meiner. Aber wir arbeiten beide sehr viel, sodass wir uns eigentlich kaum sehen. Für den Nachlass bei den Raten habe ich gern in Kauf genommen, dass er ein wenig auf mich aufpasst.« Sie runzelte die Stirn. »Er wird in Panik sein. Ich habe ihn angerufen, um ihm zu sagen, dass alles in Ordnung ist, aber ich glaube, so haben sie mich in North Carolina aufgespürt.«

Jason runzelte die Stirn. »Sie haben sein Handy gehackt.«

»Das ist die einzige logische Erklärung dafür, dass sie mich gefunden haben. Als sie die Nummer hatten, brauchten sie mir nur noch zu folgen.«

Er schwieg einen Moment, dann sagte er: »Und wenn Sie Reggie jetzt anrufen, hören sie wieder mit.«

Ihre Schultern sackten nach unten. »Stimmt. Ich

habe zwar eine neue Nummer, aber sie verfolgen sie sicher nach, weil sie sie nicht kennen. Und dann wissen sie, dass ich hier bin.« Sie seufzte. »Wir rufen ihn lieber nicht an. Jedenfalls nicht von einem Handy.«

»Nein, nicht von Ihrem Handy, aber von einem Münztelefon.«

»Zwei Münztelefonanrufe an einem Tag. Ich wusste gar nicht, dass es die Dinger überhaupt noch gibt. Und bestimmt nicht in D. C.«

»Da haben Sie auch wieder recht.« Er schwieg kurz, dann fuhr er fort. »Was halten Sie davon, dass wir uns an die Presse wenden und ihnen einen Exklusivbericht anbieten?«

»Wie meinen Sie das?«

»Ich meine, wenn das Ganze öffentlich wird, wenn Sie erzählen, was passiert ist und was Sie gesehen haben, dann müssen Rutherford und seine bezahlten Killer doch aufgeben, oder?«

Sie atmete langsam aus. »Vielleicht, aber das wäre dann auch das Ende der politischen Karriere meines Vaters. Er wäre ruiniert. Und fuchsteufelswild. Er würde nie mehr ein Wort mit mir sprechen.«

»Hm. Klingt, als hätte er seine Prioritäten falsch gesetzt.«

»Nun ja, das mag so klingen. Trotzdem würde ich lieber nicht die Presse verständigen. Ich habe schließlich absolut keine Beweise für meine Geschichte.«

»Womit wir wieder beim Ausgangspunkt wären.

Wir müssen Beweise auftreiben.« Er schürzte die Lippen. »Ich habe eine Idee. Sie ist ein bisschen verrückt, aber eigentlich hätte ich schon früher darauf kommen können.«

»Was?«

»Nolan hat Freunde in höheren Polizeikreisen. Was, wenn wir unsere eigene Spurensicherung zum Ort des Verbrechens holen und alles noch mal untersuchen lassen, als sei noch gar nichts getan worden?«

Sie blinzelte. »Das wäre großartig, aber kennt er denn hier jemand, der das tun würde?«

»Wenn nicht, lassen wir jemand von außerhalb kommen. Der Flug von Asheville dauert nur eine Stunde.«

»Ich weiß nicht ...«

»Worum machen Sie sich Sorgen?«

»Es macht mir Sorgen, noch jemanden in die Sache hineinzuziehen. Die betreffende Person könnte ebenfalls in die Schusslinie geraten.«

Er seufzte. »Ja, das könnte sein, aber wir haben keine andere Spur bisher.«

»Na gut.« Sie nickte und versuchte, das Gedankenkarussell in ihrem Kopf zu stoppen. Irgendetwas mussten sie tun. »Rufen Sie an«, sagte sie schließlich mit festerer Stimme. »In etwa anderthalb Stunden sind wir da.«

Neun

Jason fuhr an Lillys Wohnhaus vorbei. Sie hatten, kurz bevor sie in die Stadt kamen, noch einen Fahrerwechsel gemacht. Angestrengt beobachtete Lilly die vertraute Umgebung. Es war bereits Abend geworden und dunkel draußen. Es waren keine Passanten unterwegs und etwas Verdächtiges fiel ihr nicht auf.

Plötzlich stöhnte Jason auf.

»Was ist?«, fragte Lilly alarmiert.

»Ich suche einen Platz, an dem wir das Auto einigermaßen sicher verstecken können, und dann denken wir nach. Ich habe einen Fehler gemacht. Wir hätten nicht mit diesem Auto herkommen dürfen.« Er fuhr sich mit der Hand über das Gesicht. »Aber vielleicht haben wir Glück und sie halten hier noch nicht Ausschau danach.«

Lillys Mut sank, aber er hatte recht. »Okay.«

Jason fuhr ein kurzes Stück bis zur nächsten Kreuzung, bog rechts ab und gleich noch einmal rechts, auf den Parkplatz einer Tankstelle. Lilly tankte oft hier, aber da sie nicht hineingehen würde, würde man sie wohl kaum erkennen. Statt vor dem Eingang zu parken, fuhr Jason hinter das Haus auf den Angestelltenparkplatz. So war das Auto von der Straße aus nicht sichtbar.

»Ich muss anfangen, sehr viel mehr wie ein Polizist zu denken«, sagte Jason. Er lehnte den Kopf zurück und schloss die Augen. »Gut. Frage: Wie haben sie uns in der Hütte aufgespürt?«

»Entweder haben sie die Grundbucheintragungen eingesehen und die Hütte Ihrer Familie gefunden oder sie haben irgendwie den Anruf aus dem Laden zurückverfolgt«, antwortete sie.

»Im letzteren Fall hätten sie auch Nolans Telefon angezapft. Und die Durchsicht der Grundbucheintragungen hätte wahrscheinlich zu lange gedauert, um so schnell handeln zu können. Aber als sie vor dem Krankenhaus mein Kfz-Kennzeichen festgestellt hatten, war es nicht schwer, herauszufinden, wer meine Verwandten sind. Und Nolan war natürlich der Naheliegendste, den ich anrufen würde.«

»Und dann haben sie sein Handy gehackt.«

»Meiner Ansicht nach muss es so gewesen sein.«

Sie stöhnte auf. »Also keine Kommunikation mehr mit ihm.«

»Genau.«

»Wir haben ein weiteres Problem«, sagte sie.

»Welches?«

»Meine einzige Möglichkeit, ins Haus zu gelangen, ist eine Schlüsselkarte.«

Er verzog das Gesicht. »Wenn diese Leute wirklich so gut sind, wie Sie sagen, werden sie erfahren, dass Sie Ihre Karte benutzt haben. Sie haben recht. Wir müssen kreativer werden.«

»Reggie hat einen Schlüssel«, sagte sie, »zum Gebäude und zu meiner Wohnung. Aber vorhin haben wir festgestellt, dass es ein Risiko wäre, ihn anzurufen.«

Jason dachte nach. »Was wenn wir uns verkleiden?«, sagte er plötzlich.

»Verkleiden?«

»Ja. Wir gehen einfach zum Haupteingang des Gebäudes, klingeln bei den einzelnen Apartments, als seien wir der Postbote oder Besuch, und warten, bis uns jemand öffnet.«

Lilly dachte einen Augenblick darüber nach. »Wenn wir vorher sicher sind, dass wir nicht beobachtet werden?«

Jason nickte. »Es ist dunkel, das könnte unser Vorteil sein.«

»Und dann? Wie kommen wir in meine Wohnung?«

»Wie hoch ist die Wahrscheinlichkeit, dass ihr Onkel zu Hause ist?«

Lilly überlegte. »Es ist bereits Abend, also stehen die Chancen gar nicht so schlecht.« Sie atmete langsam aus. »Okay, wir müssen es versuchen. Es ist die am wenigsten riskante Option.«

Jason fasste über ihren Schoß ins Handschuhfach und zog eine Wollmütze heraus. »Hier. Ziehen Sie die an und verstecken Sie ihre Haare darunter.«

Lilly tat, wie ihr geheißen, und sah nervös zu Jason hinüber.

Der legte ihr beruhigend die Hand auf den Arm. »Vertrauen Sie mir.«

Sie stiegen aus dem Auto. Er legte ihr einen Arm um die Schulter. Seine Nähe war Balsam für ihre aufgewühlten Nerven. Wahrscheinlich wollte er nur den Eindruck erwecken, dass sie ein Paar seien, doch Lilly musste sich eingestehen, dass es ihr gefiel. Sie mochte ihn. Ob es wirklich nur daran lag, dass er ihr nun schon mehrere Male das Leben gerettet hatte?

Sein Arm blieb auf ihrer Schulter, während sie die Straße entlangliefen und zur Vordertür des Gebäudes gingen. Ihre Umgebung behielten sie wachsam im Blick.

Am Hauseingang angekommen, klingelte Jason bei allen Namensschildern in der Hoffnung, dass irgendjemand ihnen öffnen würde.

Während Sie warteten, beugte er sich plötzlich über sie. »Lachen Sie, als ob ich etwas Lustiges zu Ihnen gesagt hätte. Und dann werde ich Sie küssen, okay?«

»Äh – wie? Warum?«

»Tun Sie's einfach, ja?«

Sie zwang sich zu einem Lächeln und er küsste sie zuerst auf die Stirn, dann auf den Mund. Sie erstarrte, versuchte aber sogleich, sich wieder zu entspannen. Hätte sie nicht die ganze Zeit befürchten müssen, dass sie von Mördern beobachtet wurde, wäre sie dahingeschmolzen. Doch in Anbetracht der Umstände umklammerte sie nur ihre Handtasche und hoffte, dass jemand ihnen möglichst schnell die Tür öffnen würde.

»Ja, bitte«, erklang eine ihr unbekannte Stimme aus der Sprechanlage.

»Post«, sagte Jason, bevor Lilly reagieren konnte.

Der Buzzer ertönte und das Schloss klickte, als Jason die Tür aufdrückte. Sie waren drin!

Gemeinsam steuerten sie Richtung Aufzug.

* * *

Lilly blieb schweigsam und angespannt. Sie hatte keinen Versuch unternommen, sich von seinem Arm auf ihrer Schulter zu befreien.

Die Türen des Aufzugs glitten auf. Erleichtert registrierte sie, dass er leer war. Beim Hineingehen zog sie kurz die Schultern hoch und ließ sie wieder sinken. Dann noch einmal.

»Atmen, Lilly.«

»Tue ich ja.«

»Nein, Sie sind im Begriff zu hyperventilieren. Durch die Nase einatmen, durch den Mund ausatmen.«

Sie befolgte seine Anweisungen, holte tief Luft und

atmete langsam wieder aus. Dann räusperte sie sich. »Es geht mir gut. Es geht mir gut.«

Ein Klingeln kündigte die Ankunft des Aufzugs an. Jason war sofort auf der Hut und trat vor sie.

»Welche Tür führt zu seinem Apartment?«, fragte Jason.

»Gleich hier.«

Lilly klingelte an der Tür rechts vom Aufzug.

Keine Antwort.

»Versuchen Sie es noch mal.«

Sie tat es.

Plötzlich klapperte es hinter der Wohnungstür. »Reggie Maloney«, meldete sich eine Stimme.

»Onkel Reggie? Ich bin es.«

»Lillian!« Die Tür wurde geöffnet und sofort lagen sich die beiden in den Armen.

»Ich bin so froh, dich zu sehen«, sagte Lilly und bemühte sich, nicht in Tränen auszubrechen.

»Und ich erst, mein Mädchen! Geht's dir gut? Ich habe mir solche Sorgen gemacht. Dein Vater hatte Angst, du könntest depressiv sein oder eine Art psychischen Zusammenbruch erlitten haben. Vor allem, nachdem Jenny ...«

Ihr Vater machte sich solche Sorgen um sie? Der Kloß in ihrem Hals wollte nicht verschwinden. Sie räusperte sich. »Es geht mir gut.« Momentan jedenfalls. »Hat er dir gesagt, was passiert ist? Was ich beobachtet habe?«

»Was du beobachtet hast? Nein. Ich hatte dich seit ein paar Tagen nicht gesehen und auch nichts von dir gehört, deshalb bin ich zu ihm gegangen. Er sagte nur, du bräuchtest ein bisschen Zeit für dich und kämst bald zurück. Allerdings hatte er nicht gedacht, dass es so lange dauern würde.«

Lilly runzelte die Stirn. Reggie war der Erste gewesen, den sie nach dem Mord hatte anrufen wollen, doch ihr Vater hatte sie überredet, Stillschweigen zu wahren. Doch auch er hatte Jennys Tod nicht für einen Unfall gehalten. »Ich weiß nicht, was da vorgeht, Lillian«, hatte er gesagt, »aber halten wir uns vorerst noch bedeckt, bis wir mehr wissen. Wenn sie, wie du glaubst, Jenny umgebracht haben, dann bringen wir alle Leute, mit denen du redest, in Gefahr.« Deshalb hatte sie Reggie nichts gesagt.

Sie räusperte sich erneut. »Es steckt ein wenig mehr dahinter. Ich erkläre dir gleich alles. Aber erst einmal brauche ich deine Hilfe, um in meine Wohnung zu kommen.«

»Hast du dich ausgeschlossen?«

Sie lachte leise und freudlos. »So ähnlich.«

»Ich lasse dich rein.« Er ging kurz in seine Wohnung zurück und kam mit zwei Schlüsselkarten wieder heraus. »Oh, und wer ist das?« Erst jetzt bemerkte er Jason, der sich bisher im Hintergrund gehalten hatte.

»Jason, darf ich Sie mit Reggie Maloney bekannt

machen? Onkel Reggie, das ist Jason Tanner, der Mann, der mir das Leben gerettet hat. Schon mehrmals sogar.«

»Der dir das Leben gerettet hat?« Die Männer reichten sich die Hände, dann kniff Reggie die Augen zusammen. »Gehen wir hinein. Ich will sofort hören, was passiert ist.«

* * *

Reggie schloss ihre Wohnungstür auf, dann trat er beiseite, um Lilly als Erste eintreten zu lassen. Doch Jason packte ihren Arm und zog sie zurück. »Lassen Sie mich kurz die Wohnung überprüfen, okay?« Er zog die Pistole aus seinem Hosenbund.

Lilly ging ihm nach und schaltete das Licht an. Reggie machte große Augen und bildete das Schlusslicht.

Ihr Blick überflog den großen Wohnraum. Das Apartment war baugleich mit Reggies. Zu ihrer Rechten lag die große Küche mit Essbereich, der Gang vor ihnen führte zu den drei Schlafzimmern und drei Bädern.

»Bleiben Sie bitte hier.«

»Sie sind kein Polizist, Jason.«

»Ich weiß, aber ich weiß, wie man ein Haus sichert. Das lernt man im Irak.«

Während sie und Reggie gleich hinter der Wohnungstür warteten, checkte Jason rasch die Zimmer.

Dann kam er zurück in den Wohnbereich. Die Schusswaffe hatte er wieder in den Gürtel gesteckt.

Lilly trat in ihr Wohnzimmer. Sie schüttelte die Kissen auf dem Sofa auf. Rückte ein Bild an der Wand zurecht. Legte die Fernbedienung ihres Fernsehers auf den Couchtisch. Plötzlich hielt sie inne. »Es war jemand hier.«

»Was?«, fragte Jason.

Reggie nickte langsam. »Die Wohnung befindet sich immer in makellosem Zustand, wenn Lilly sie verlässt.«

»Ein paar Sachen stehen nicht so wie sonst.« Sie sah sich um. »Es ist kaum wahrnehmbar, aber ich weiß es.«

Reggie drehte sich zu ihr. »Warum sollte jemand deine Wohnung durchsuchen? Und wie hätten sie überhaupt reinkommen sollen?«

»Keine Ahnung«, flüsterte sie. Angst schnürte ihr die Kehle zu.

Jason rieb sich das Kinn. »Wahrscheinlich haben sie nach Hinweisen gesucht, wo Sie sich aufhalten könnten.«

»Oh nein!« Die zarten Härchen in ihrem Nacken richteten sich bei einem jähen Adrenalinstoß auf. Sie lief in die Küche und fand den Block, auf dem sie den Namen des Mannes notiert hatte, der ihr den falschen Pass verkauft hatte. Das oberste Blatt fehlte. Sie stöhnte. Hoffentlich ging es dem Mann gut.

Jasons Handy klingelte. »Ich kenne die Nummer nicht. Es könnte Nolan sein.« Er hob das Handy ans Ohr und ging ins Wohnzimmer.

Reggie wartete, bis er außer Hörweite war, dann legte er ihr die Hände auf die Schultern und drehte sie so, dass er ihr ins Gesicht sehen konnte. »Stell meine Geduld nicht länger auf die Probe, Lillian. Erzähl.«

Sie schluckte, dann nickte sie. Während Jason mit seinem Bruder telefonierte, setzte sie Reggie rasch ins Bild. Je länger sie redete, desto blasser wurde er. Dann ging er leicht schwankend zu einem der Stühle am Küchentisch und ließ sich darauf sinken. »Ich glaube es nicht. Jenny wurde ermordet?«

»Ja.«

Er sah ihr in die Augen. »Alicia kam vor ein paar Tagen zu mir und fragte, ob ich was von dir gehört hätte.«

»Was hat sie sonst noch gesagt?«

»Nicht viel. Sie ist meinen Fragen ausgewichen.« Er seufzte tief. »Immerhin weiß ich jetzt, warum.«

»Es tut mir leid, dass ich nicht zu dir kommen konnte. Du warst nicht in der Stadt, als das alles passiert ist. Und als mir klar wurde, dass Jenny ermordet worden war, hatte ich zu viel Angst, dich auch noch in Gefahr zu bringen, wenn ich dich um Hilfe bäte. Dad bestand ebenfalls darauf, dich nicht hineinzuziehen. Er wollte kein Risiko eingehen.« Sie biss sich auf die Lippen.

Er rieb sich die Augen. »Dein Vater?«

»Ich glaube, er möchte mir gern glauben, aber er will nicht wahrhaben, dass das Ganze wirklich passiert ist. Ich brauche Beweise, um ihn zu überzeugen.« Sie zuckte die Achseln, plötzlich war sie todmüde. »Und die haben wir bis jetzt nicht.«

Jason rief aus dem Wohnzimmer: »Haben Sie ein Notebook?«

»Ja, warum?«

»Nolan hat gerade eine Nachricht geschickt. Greg hat ihm das Bildmaterial des Sicherheitsdienstes aus dem Parkhaus geschickt und er meint, wir sollten es uns mal ansehen.«

Lilly schaute zu ihrem Schreibtisch auf der anderen Seite des Wohnbereichs hinüber. »Oh – nein. Das Notebook fehlt.« Sie spürte, wie Zorn in ihr aufstieg.

Reggie biss so sehr die Zähne zusammen, dass man Angst haben musste, sie würden jeden Moment splittern. »Ich habe eins. Ich hole es.«

»Danke«, sagte sie leise.

Reggie ging den Computer holen. Er kehrte in dem Moment zurück, in dem Jason das Gespräch mit seinem Bruder beendete. »Nolan hat das Video an eine neue E-Mail-Adresse geschickt, die er unter falschem Namen eingerichtet hat«, berichtete er. »Er hat mir den Benutzernamen und das Passwort durchgegeben. In etwa drei Stunden wird außerdem eine Freundin von ihm hier auf dem Flughafen landen, Claire Montgomery. Sie arbeitet bei der Spurensicherung in Asheville und hat sich bereit erklärt, zu überprüfen, was sie in dem Parkhaus jetzt noch finden kann. Sie meint, wenn dort tatsächlich ein Mord begangen wurde, dann findet sie auch Beweise dafür.«

»Aber das ist doch jetzt bestimmt schon alles verwischt«, wandte Lilly ein. »Unzählige Menschen sind seither durch den Tatort gelaufen und die Bauarbeiten wurden inzwischen bestimmt auch schon abgeschlossen.«

»Ich weiß. Und Claire weiß das auch. Wir hoffen einfach das Beste. Wir filmen sie bei der Arbeit, damit wir, falls sie tatsächlich etwas findet, die Information an die Polizei weitergeben können, oder an das Gericht.«

Lilly nickte angespannt.

Reggie schüttelte nur den Kopf. Er legte das Notebook auf den Küchentisch und tippte sein Passwort ein, dann trat er beiseite und bedeutete Jason, seinen Platz einzunehmen. »Bitte, es gehört Ihnen.«

Jason rief die Seite des E-Mail-Providers auf, den Nolan ihm genannt hatte, und gab die Zugangsdaten ein. Dann klickte er die Nachricht seines Bruders an. »Los geht's«, sagte er.

Das Video startete. Lilly sah das Parkhaus – den Ort, an dem sie gesehen hatte, wie eine Frau erschossen wurde, und von dem diese dann verschwunden war. Das Baugerüst war gut zu sehen, wie sie gesagt hatte. Da waren die orangen Pylonen, die den Eingang zum

Arbeitsbereich absperrten. Direkt dahinter standen die Eimer für die Zementmischung und eine Leiter, die mit einer Kette an einer Säule befestigt war. Neben der Leiter lag eine Plastikplane über dem Bereich, der bereits fertig war.

Dann war das Video auf einmal zu Ende. Sie blinzelte. »Nichts.« Sie ballte die Hände zu Fäusten. »Aber ich weiß, was ich gesehen habe. Er war auf der anderen Seite der Pylonen und sie ebenfalls. Sie lag auf dem Zementbo… Moment mal!«

»Was ist?«, fragte Jason.

»Sie muss auf der Folie gelegen haben.« Sie deutete darauf. »Rutherford stand hier.« Sie deutete auf einen Bereich auf dem Bildschirm. »Und sie lag direkt vor ihm, weil er sie erschossen hat, und als sie fiel …« – sie sah Jason mit großen Augen an – »… ist sie natürlich auf die Folie gefallen.«

Er nickte und warf ihr einen Blick zu. »Genau das hat Greg auch gemeint.«

»Somit konnte er die Leiche natürlich schnell und spurlos beseitigen«, sagte Reggie.

»Ja. So könnte es gewesen sein«, stimmte Lilly ihm zu. »Damals ist mir das gar nicht aufgefallen.«

»Greg sagte, sie hätten das Bildmaterial manipuliert.« Jason bewegte den Cursor auf die Leiste unten auf dem Bildschirm. »Fangen wir noch mal ganz von vorne an, vielleicht sehen wir dann, was er gesehen hat.«

Das Video startete erneut und lief ab bis zum Ende. »Versuchen wir es mal mit Zeitlupe.« Er startete erneut, in langsamerem Tempo.

»Da«, sagte sie plötzlich. »Haben Sie das gesehen?«

»Ja. Es hat gepiept, oder?«

Zurückspulen. Abspielen. Piepton.

»Die Folie liegt jetzt minimal anders«, sagte Reggie langsam. »Hier, man sieht es an dieser Kante, sie überlappt die ersten beiden orangen Pylonen.«

Jason bewegte den Cursor erneut zurück und hielt ihn an. »Und hier berührt sie sie nicht.«

Lilly schauderte bei der Erkenntnis, dass Rutherford nicht nur den Mord der Frau verschleiert, sondern dass er sogar Hilfe dabei gehabt hatte. Tatkräftige Hilfe. Er konnte das nicht allein geschafft haben. Aber wer hatte ihm geholfen?

Jason schloss das Notebook. »Ich würde sagen, wir legen uns erst mal aufs Ohr. Sobald Claire da ist, fahren wir zum Parkhaus.«

»Am besten mitten in der Nacht«, sagte Lilly. »Im Dunkeln. Dann ist es leer – oder zumindest ist nicht viel los.«

»Ich komme mit«, sagte Reggie.

»Was? Nein!« Lilly schüttelte den Kopf. »Das brauchst du nicht. Wir halten dich auf dem Laufenden.«

Er sah ihr in die Augen. »Ich komme mit.«

Sie zog eine Braue hoch und zögerte kurz. »In Ordnung.«

Reggie nickte. »Und sollte mir Franklin Rutherford über den Weg laufen, dann knöpfe ich ihn mir vor.«

»Ich hoffe, ehrlich gesagt, dass wir ihm nicht begegnen werden«, erwiderte Lilly und ihre Stirn legte sich besorgt in Falten

Jason hoffte das auch. Wieder einmal betete er. Um Weisheit. Und um Schutz für diese besondere Frau, die hier vor ihm saß. Für sie alle.

Zehn

Drei Stunden später holten sie Claire Montgomery im Schutz der Dunkelheit am Flughafen ab. Jason war von ihrem nüchternen, professionellen Auftreten beeindruckt. Ihre blauen Augen hätten an einen Sommerhimmel erinnern können, doch er hatte eher das Gefühl, dass sie mit einem einzigen Blick einen Teich zufrieren lassen konnte. Nicht, dass sie schroff oder kalt gewirkt hätte, sie war einfach ganz und gar auf die Aufgabe konzentriert, die vor ihr lag. Nichts und niemand würde sie davon abhalten, diese Aufgabe zu erledigen.

»Danke, dass Sie gekommen sind«, sagte Lilly.

»Ich konnte nicht widerstehen. Nolan wusste, dass diese Angelegenheit meine Neugier wecken würde. Und da wir momentan keine ungelösten Fälle haben, spricht nichts dagegen, dass ich mich hier ein bisschen umsehe. Ich muss erst morgen Mittag zurückfliegen, zu einer Besprechung, die ich notfalls aber auch verschieben könnte. Mit anderen Worten, ich habe ausnahmsweise mal Zeit.«

»Perfekt«, sagte Jason. »Dann bringen wir's hinter uns.«

Sie hatten Jasons Auto auf dem Parkplatz hinter der Tankstelle stehen lassen, also fuhr Reggie. Claire saß vorne neben ihm, Jason hatte sich zu Lilly auf die Rückbank gesetzt.

»Sie wissen hoffentlich, dass etwaige Beweise, die ich finde, nicht unbedingt vor Gericht zugelassen werden«, sagte Claire, als sie auf die Hauptstraße einbogen.

»Wie meinen Sie das?«, fragte Jason alarmiert. »Eben deshalb machen wir es doch ganz korrekt, nach Vorschrift.«

»Schon, aber ein guter Anwalt wird sein Bestes tun, trotzdem etwas auszusetzen zu finden. Hundertprozentig kann ich es deshalb nicht versprechen.«

Lilly stöhnte. »Darum kümmern wir uns, wenn es so weit ist. Jetzt wollen wir erst mal sehen, ob wir irgendetwas finden. Kein anderer kümmert sich darum, also spielt es doch keine Rolle.« Ihre Nerven waren zum Zerreißen gespannt.

»Für mich ist das okay. Ich will nur mit offenen Karten spielen und keine falschen Hoffnungen machen«, sagte Claire beschwichtigend. »Ich werde sehen, was sich machen lässt.«

Reggie fuhr schweigend weiter.

Plötzlich holte Lilly scharf Luft. »Wie kommen wir

ins Parkhaus rein? Wenn ich meine Schlüsselkarte benutze, könnten sie es mitbekommen.«

»Ich habe auch eine«, sagte Reggie.

»Was? Wie kommt das?«

»Meine Freundin wohnt in diesem Gebäude.«

Sie blinzelte, dann zog sie eine Braue hoch. »Du hast eine Freundin?«

»Ja.« Er lachte. »Komm schon, ich bin zweiundfünfzig Jahre alt. Ich habe nicht vor, den Rest meines Lebens allein zu verbringen.«

Lilly starrte ihn an. »Ich bin nur überrascht. Du hast nie Interesse an irgendjemandem gezeigt.«

»Ich habe nur auf die Richtige gewartet.« Jason fand, dass seine Stimme nachdenklich und ein wenig traurig klang. »Und Beth ist einfach wundervoll. Sie ist Immobilienmaklerin für eine andere Firma. Wir beide kommen gut miteinander aus und ich freue mich auf die Zukunft mit ihr.«

»Dann freue ich mich für dich.«

Kurz darauf fuhren sie in die Einfahrt der Tiefgarage ein. Reggie steckte die Karte in den Schlitz, die Schranke ging hoch.

»Fahr in den dritten Stock«, sagte Lilly. Ihre Stimme klang angespannt.

»Ich weiß«, sagte Reggie.

»Ich weiß, dass du es weißt, ich will nur sichergehen, dass ...«

»Schon gut«, warf Jason ein und legte beschwichtigend seine Hand auf ihre.

Sie schenkte ihm ein verkrampftes Lächeln. In diesem Moment wünschte sie sich nichts sehnlicher, als in ein normales Leben zurückkehren zu können. Ohne Panik, verfolgt zu werden. Ohne schreckliche Erinnerungen an einen Mord, zu dessen Schauplatz sie gerade unterwegs waren.

* * *

Reggies Wagen schraubte sich in Kreisen hinauf in den dritten Stock. Reggie parkte vor dem Aufzug, genau dort, wo Jenny geparkt hatte, um auf Lilly zu warten. Er fuhr langsam auf den Parkplatz und sie sahen, dass das Gerüst mitsamt den orangen Pylonen und der Plastikfolie verschwunden war.

Wenigstens stand Franklin Rutherfords Auto nicht auf dem für ihn reservierten Parkplatz direkt gegenüber des Aufzugs. Sie schluckte. Ihre Hände waren schweißnass und ihr war heiß und kalt zugleich. Die Erinnerungen drohten sie zu überwältigen.

Claire stieg aus und nahm ihre große Tasche aus dem Kofferraum.

»Es ist schrecklich hell hier«, sagte Jason. »Sollten wir das Licht irgendwie ausmachen?« Irgendwie fühlte er sich unwohl in diesem hell beleuchteten Raum.

»Vielleicht wird das nötig werden.« Sie stellte die

Tasche auf den Boden. »Ich habe *Bluestar* dabei, es leuchtet recht lange und sehr hell. Man sieht es besser, wenn es dunkel ist.« Sie sah sich um. »*Bluestar* ist sehr gut, aber wir wollen doch lieber auf Nummer sicher gehen und das Licht ausmachen, wenn es so weit ist.«

Claire kramte erneut in ihrer Tasche und zog ein Dreibeinstativ und eine Videokamera heraus. In wenigen Augenblicken war sie einsatzbereit. Zu Lilly sagte sie: »Okay. Zeigen Sie mir, wo Sie sie gesehen haben.«

Lilly hatte keinerlei Probleme, den genauen Ort zu finden, an dem sie die Frau hatte liegen – und sterben – sehen. Die Erinnerung hatte sich tief in ihr Gedächtnis gebrannt. »Genau hier.«

Claire nickte. »Zeigen Sie mir das Bildmaterial, das Nolan Ihnen geschickt hat.«

Reggie holte sein Notebook aus dem Auto, brachte es zu Claire und startete das Video. Sie schaute es sich an, dabei wanderte ihr Blick unablässig vom Bildschirm zum Tatort. Dann wandte sie sich an Reggie.

»Lilly, können Sie uns so platzieren, dass wir genau sehen können, wer wo stand, als das passiert ist?«

Lilly nickte.

»Zeigen Sie Ihrem Onkel, wo er sich hinstellen soll.«

Lilly platzierte ihn dort, wo sie Rutherford gesehen hatte, bei der Frau, die er erschossen hatte. Dann überlegte sie. Sollte sie sich etwa hinlegen und so tun, als sei sie die tote Frau? Sie schauderte.

»Ich mache das«, sagte Jason. Er schob sie behutsam beiseite und stellte sich vor Reggie. »Okay, sagen Sie mir, wie sie dalag, als Sie sie gesehen haben.«

Sie schluckte. »Zuerst stand sie ganz still und hielt sich die Seite. Über ihre Hand lief Blut. Ihre linke Hand.«

Jason legte seine linke Hand auf seine Hüfte.

»Höher«, sagte sie.

Er schob die Hand hoch bis zum Ansatz des Brustkorbs.

»Dann sank sie auf die Knie. Und dann hat er erneut geschossen und sie fiel zu Boden«, sagte Lilly. »Nach hinten, auf den Rücken.« Jason kniete sich hin, dann legte er sich auf den Rücken. In Lillys Kopf setzte ein schriller Alarmton ein, während vor ihrem inneren Auge die Szene aufstieg, die sie mit aller Macht zu verdrängen versucht hatte. »Er stand da mit Hut und Mantel, den Arm ausgestreckt, die Waffe auf sie gerichtet.«

»So?«, fragte Reggie. Sein Finger zeigte auf Jason.

»Ja«, flüsterte Lilly, »genau so.« Sie runzelte die Stirn. Irgendetwas fehlte. »Moment.« Sie kniete sich neben Jason und griff nach seiner warmen rechten Hand. »Melissa hatte die Hand ausgestreckt.« Sie legte sie so hin, wie sie sie in Erinnerung hatte. »Ihr Arm lag im rechten Winkel zu ihrem Körper, mit der Handfläche nach oben.« Sie blinzelte. »Warum erinnere ich mich so gut daran?«

Claires sachliche Stimme erklärte: »Das Gehirn ist seltsam. Wenn man in der Umgebung ist, wo die Dinge passiert sind, werden die Erinnerungen wieder wach.«

»Jetzt erinnere ich mich auch an die Plastikfolie. Als er für den letzten Schuss über sie trat, hat es ... irgendwie ... geraschelt.«

»Und sie ist neben diesen Pfeiler gefallen?« Claire deutete auf die Betonsäule.

»Ja.«

Sie neigte den Kopf und kniff die Augen zusammen, als sie Jason betrachtete. »Und sie lag genau so da? Sind Sie sicher?«

»Absolut.«

»Gut, dann bin ich ziemlich sicher, dass er auf sie geschossen hat, als sie vom Aufzug kam. Es traf sie aus heiterem Himmel.«

»Der erste Schuss.«

Claire nickte. »Sehen Sie, wie ihre Füße direkt gegenüber der Säule liegen? Sie sagten, sie habe gestanden, als Sie sie sahen. Sie ist also nicht sofort zu Boden gestürzt. Sie hat nach dem nächsten Halt gegriffen, der sie vor dem Fallen bewahren konnte, der Säule. Dann trat sie zurück und wollte weglaufen.«

»Ja, daran erinnere ich mich«, sagte Lilly. »Sie streckte die Hand aus – die, an der das Blut war – und stützte sich gegen die Säule, sah ihn dabei aber immer noch an. Sie weigerte sich zu fallen. Deshalb hat er ein zweites Mal geschossen. Der Schuss kam, bevor sie in die Knie ging.«

Claire nickte. »Und der zweite Schuss brachte sie dann zu Boden. Sie fiel auf den Rücken.«

»Und der dritte war, um sicherzugehen«, murmelte Jason wie zu sich selbst. Er setzte sich auf, dann sprang er auf die Füße.

»Und das werden wir jetzt beweisen«, sagte Claire nickend.

* * *

Jason sah, was das Rollenspiel Lilly abverlangt hatte, doch er konnte auch erkennen, dass sie entschlossen war, stark zu bleiben und die Sache durchzuziehen. »Wir sollten uns beeilen«, sagte er.

Claire nickte. »Bringen wir zuerst das hier zu Ende. Wie groß war die Frau, sagten Sie?«

»Etwa meine Größe«, antwortete Lilly. »Also eins fünfundsiebzig.«

Claire sah Jason an. »Ich will kein Risiko eingehen. Wir werden es gleich beim ersten Mal richtig machen und den Kerl überführen. Wie kriegen wir den Ort hier dunkel?«

»Haben Sie eine Taschenlampe?«

»Natürlich.«

»Holen Sie sie raus. Sobald das Licht ausgeht, fangen Sie an zu arbeiten. Sie haben fünf, vielleicht sechs Minuten, bevor es wieder hell wird.«

»Das müsste reichen.«

Jason streckte Reggie die Hand hin. »Darf ich mir Ihren Wagen leihen?«

»Natürlich.« Er griff in seine Hosentasche, zog den Autoschlüssel heraus und ließ ihn in Jasons Hand fallen. Jason stieg ins Auto und fuhr davon. Lilly merkte, wie sich ihr Brustkorb verkrampfte, als er außer Sichtweite war. In seiner Gegenwart fühlte sie sich sicherer.

Elf

Claire holte zwei Taschenlampen aus ihrer Tasche und gab eine Reggie und eine Lilly. Dann nahm sie eine Sprühflasche und ein paar weitere Dinge heraus. Mit raschen, effektiven Bewegungen mischte sie eine Flüssigkeit an. »Okay. Fertig. Jetzt müssen wir warten.«

Lilly räusperte sich nervös. Wie wollte Jason das Licht ausschalten? Sie hatte den Gedanken kaum zu Ende gedacht, als es auch schon dunkel wurde.

Der Strahl von Reggies Taschenlampe blitzte auf. Lilly machte ihre ebenfalls an. Claire gab ruhige, knappe Anweisungen, auf welche Stellen das Licht gerichtet werden sollte.

Sie sprühte zuerst die Säule ein und dann den Boden dort, wo Melissas Kopf gelegen haben musste, bis zu der Stelle, wo sich ihre Füße befunden haben mussten. Mit flinken, geraden Bewegungen markierte sie den gesamten Bereich. Als sie fertig war, holte sie eine weitere Kamera aus ihrer Tasche und drehte sich um. »Das alte *Luminol* wirkte nur etwa dreißig Sekunden, *Bluestar* lässt uns etwas mehr Zeit. Wenn etwas zu sehen ist, halten wir es mit der Kamera fest. Okay, Taschenlampen aus.«

Lilly schaltete ihre Lampe aus, Reggie tat es ihr nach.

Ein paar Sekunden vergingen. »Da haben wir es«, sagte Claire plötzlich.

Auf der Betonsäule wurden blaue Male sichtbar. Eines hatte die Form eines halben Handabdrucks. Lilly schnappte nach Luft. Der Beweis, dass sie nicht verrückt war.

Claire schoss Fotos, bis das Blau zu verblassen begann. »Lampen an, bitte.«

Reggies Taschenlampe strahlte auf, Lillys ebenfalls. Sie wussten nicht, woher Claire die Wattestäbchen hatte, die sie plötzlich in der Hand hielt, doch sie nahm fleißig Abstriche von der Säule und legte die Stäbchen in kleine Behälter.

Nach ein paar weiteren Sekunden flammte das Licht wieder auf. Lilly blinzelte in der plötzlichen Helligkeit, als eine weitere Erinnerung sie durchzuckte.

Claire war bereits dabei, ihre Sachen einzupacken, als Lilly sagte: »Er hat auf mich geschossen.«

Claire hielt inne und Reggie wurde blass.

»Was?«, fragte Claire.

»Er hat auf mich geschossen, aber er hat mich verfehlt. Die Kugel müsste hier irgendwo liegen.«

»Zeigen Sie mir, wo«, sagte Claire.

»Was geht hier vor? Habt ihr sie noch alle?«

Die Frage kam vom Eingang zum Treppenhaus hinter Reggie. Lilly zwang sich zu einem Lächeln. »Hi, George.«

Der Mann, er mochte etwas über sechzig sein, erstarrte. Er hatte die Hand schon an der Waffe gehabt. »Lillian? Sind Sie das?«

»Ja.«

Seine Hand löste sich von der Waffe. Er kam auf sie zu. Er war fast eins neunzig groß, trug seine stahlgrauen Haare kurz rasiert und war als ehemaliger Marine immer noch absolut durchtrainiert. Mit durchdringenden Augen musterte er die Szene, die sich ihm bot. Er verschränkte die Arme. »Also noch mal: Was geht hier vor?«, fragte er, diesmal etwas sanfter.

Lilly beschloss, es mit Ehrlichkeit zu versuchen. »Wir untersuchen einen Mord.«

Die Augen wurden schmal. »Den Mord, der nicht stattgefunden hat?«

»O doch, das hat er«, entgegnete sie.

»Lillian, kommen Sie schon, ich kenne Sie seit Ewigkeiten und Ihren Vater noch länger. Die Polizei hat schon beim ersten Mal, als Sie falschen Alarm geschlagen haben, nichts gefunden, und sie wird auch jetzt nichts finden.«

In diesem Augenblick bog Jason in Reggies Auto um die Ecke.

Sie wandte sich an George. »Haben Sie was dagegen, wenn wir uns noch ganz kurz etwas anschauen?«

Er runzelte die Stirn. »Was?«

»Der Mann hat in der bewussten Nacht auch auf mich geschossen. Folglich muss die Kugel hier irgendwo sein.«

»Wenn jemand auf Sie geschossen hat, wohl schon. Aber das Geschoss könnte auch nach draußen gedrungen sein – falls überhaupt jemand auf Sie geschossen hat.«

Jason trat zu ihr und legte den Arm um sie. »Es hat tatsächlich jemand auf sie geschossen.«

»Und wer sind Sie?«

»Ein Freund.«

»Er hat mir das Leben gerettet, George. Sogar mehrmals. Und wenn die Kugel ins Freie gedrungen wäre, hätte dann nicht irgendjemand etwas davon gesagt?«

»Vielleicht.« Er zuckte die Achseln. »Je nachdem, was sie getroffen hat. Ein Fenster? Das hätte ich erfahren. Eine Seitenwand? Wahrscheinlich nicht. Aber es spielt auch keine Rolle. Hier hat niemand auf irgendjemanden geschossen.«

»Und wenn ein Auto im Parkhaus getroffen worden wäre, hätte sich jemand bei Ihnen beschwert.«

»Mit Sicherheit.«

Claire musterte George prüfend. »Wie groß war der Schütze?«, fragte sie schließlich an Lilly gewandt.

»Zwei, drei Zentimeter kleiner als George.«

Claire nickte und trat zu dem Mann. »Machen Sie mit?«

»Bei was?«

»Bei einem kleinen Rollenspiel.«

Lilly dachte kurz, er würde sich weigern, doch George zuckte nur die Achseln. »Meinetwegen.« Er warf ihr noch einen tadelnden Blick zu. »Hab momentan nichts Besseres zu tun.«

Claire lächelte. »Danke. Und jetzt«, sie nahm ihn beim Arm und führte ihn dorthin, wo Reggie, der nur etwa eins siebzig groß war, vorher gestanden hatte, »stellen Sie sich hierhin. Lilly, nehmen Sie Ihren Platz ein.«

Die holte tief Luft und tat es.

»Jetzt erschießen Sie sie.«

George blinzelte. »Wie bitte?«

»Mit Ihrer Hand. Sie wissen schon. Heben Sie Ihren Arm, als hätten Sie eine Waffe, und zielen Sie auf sie.«

»Oh! O ja, natürlich. Okay.« Er tat es.

»Sie, Lilly, laufen jetzt genau so weg, wie Sie es damals getan haben, und George, Sie folgen ihr mit Ihrem Arm, als zielten Sie auf sie, um sie zu erschießen.«

Lilly rannte zum Aufzug, denn dort hatte Jenny in jener Nacht geparkt.

»Okay, das reicht«, rief Claire.

Mit klopfendem Herzen blieb Lilly stehen. Einen Moment wirkte sie wie erstarrt. Die Erinnerung an die Mordnacht war übermächtig. Sie hörte das Geräusch des Schusses und wimmerte unwillkürlich. Im gleichen Moment fühlte sie sich in eine tröstliche Umarmung gezogen.

»Sie sind in Sicherheit, Lilly«, murmelte Jason an ihrem Ohr.

Die Angst ebbte ab, doch sie konnte ein Schaudern nicht unterdrücken. »Ich weiß. Danke.« Sie entzog sich ihm und vermisste augenblicklich die Sicherheit, die seine Umarmung ihr vermittelt hatte.

Als sie sich umdrehte, sah sie, wie Claire mit den Fingern über die Wand fuhr, ganz langsam. Plötzlich hielt sie inne. »Hier. Da ist sie.«

* * *

Jason blinzelte. Sie hatte es tatsächlich geschafft. Er brachte Claire ihre Tasche und stellte sie neben sie auf den Boden. Sie machte sich daran, die Kugel aus der Wand zu holen. Jason trat zu Lilly, Reggie und George.

Lilly sah ihn an. »Und jetzt?«

»Ich würde sagen, wir lassen Claire ihre Arbeit machen, verstecken uns und legen uns ein Weilchen aufs Ohr.«

»Verstecken?«, fragte George.

»Der Mörder ist jetzt hinter mir her«, erzählte Lilly ihm. Bis jetzt hatte sie seinen Namen keinem der Anwesenden genannt. »Ich bin ihm und den Killern, die er angeheuert hat, immer nur knapp einen Schritt voraus.«

George seufzte. »Aber man hat doch keinerlei Beweise gefunden.«

»Er hat sie beseitigt.«

»Aber die Kameraaufzeichnungen ...«

»Wurden manipuliert«, antwortete Lilly.

»Dann müssen wir noch mal zur Polizei gehen«, meinte George.

»Das mache ich auch. Wenn ich dort Beweise vorlegen kann.« Sie sah Claire an. »Und diese Möglichkeit scheint durchaus in Reichweite.«

Er sah sie plötzlich finster an. »Haben Sie etwas damit zu tun, dass das Licht vorhin ausgegangen ist?«

»Nein, ich nicht. Nicht direkt.«

»Das war ich«, sagte Jason. »Ich bin Feuerwehrmann. Ich weiß, wie ich den Strom abstellen kann. Die Spurensicherung brauchte Dunkelheit, nur für etwa fünf Minuten, und die habe ich ihr verschafft. Ich habe den Sicherungskasten gefunden und die Sicherungen ausgeschaltet.«

»Sie hätten ja um Hilfe bitten können. Immerhin hätte jemand im Aufzug stecken bleiben können.«

»Tut mir leid.« Er wusste, dass es nicht so klang. Er hatte durchaus an die Aufzüge gedacht, doch er hatte gewusst, dass der Stromausfall nur sehr kurz sein würde. Wenn wirklich jemand stecken geblieben wäre, wäre die größte Gefahr eine kurze Panikattacke gewesen.

»Schauen Sie, wir sind hier fertig. Können Sie das alles nicht erst mal für sich behalten?«

Der Mann antwortete nicht.

Lilly trat vor und legte ihm eine Hand auf den Arm. »Bitte, George. Tun Sie es für mich.«

»Ach, Lillian.« George stieß einen Seufzer aus. »Na gut. Für Sie. Versprechen Sie mir, in Zukunft vorsichtig zu sein?«

»Natürlich.«

»Okay.« Er sah Jason scharf an. »Aber kein Herumspielen mehr am Strom.«

Jason hob die Hand, als wollte er einen feierlichen Eid schwören. »Kein Herumspielen mehr. Ich verspreche es.«

»Also dann, raus mit euch. Und seien Sie vorsichtig, Kleine, hören Sie?«

»Ja. Danke, George«, antwortete Lilly.

»Okay.« Der Mann ging zum Treppenhaus und verschwand durch die Tür.

Lilly stieß langsam die Luft aus.

Jason nahm ihren Ellbogen. »Gehen wir.«

»Ich brauche aber noch eine DNA-Probe von der Toten. Ich muss schließlich irgendetwas mit den Blutproben vergleichen«, sagte Claire.

Jason blinzelte. »Und wie wollen Sie die kriegen?«

»Keine Ahnung. Ich hatte gehofft, Sie hätten eine Idee.«

Zwölf

Reggie fuhr aus dem Parkhaus zurück zu dem Haus, in dem er und Lilly wohnten. Claire fuhr mit ihnen. Die Beweisstücke hatte sie in ihrer Tasche.

»Sie haben gesagt, wir bräuchten die DNA, um zu beweisen, dass die Tote in der Garage tatsächlich Melissa war«, sagte Jason.

»Ja.«

Er nickte. »Wann müssen Sie zurück sein?«

»Ich habe am Nachmittag eine Besprechung. Warum?«

»Was ist mit ihrer Wohnung?«, fragte Lilly. »Wir können hinfahren und uns die DNA besorgen.«

»Wie sollen wir da reinkommen?«, fragte Jason. »Wahrscheinlich ist es ein großes Appartementhaus wie Ihres. Sie müssen entweder jemanden kennen, der dort wohnt, oder selbst dort wohnen.«

»Stimmt.« Lilly biss sich auf die Lippen. »Okay. Was, wenn ich Ihnen die DNA besorge? Dann könnten Sie sie mitnehmen und mit den Blutproben vergleichen.«

»Natürlich. Nur, die Frage bleibt, wie?«

»Sie wurde gestern als vermisst gemeldet. Ich nehme an, ihr Schreibtisch in ihrem Büro wurde noch nicht untersucht.«

»Worauf wollen Sie hinaus?«, fragte Jason.

»Ich könnte ins Büro meines Vaters gehen und mir einfach ihren Schreibtisch vornehmen. Frauen haben dort immer eine Schublade für persönliche Dinge, mit einer Zahnbürste, einer Haarbürste, einer Nagelschere oder so. Verstehen Sie?«

»Aber ja«, antwortete Claire.

»Können Sie warten, bis ich die DNA habe?« Sie sah aus dem Fenster. »Die Sonne wird bald schon wieder aufgehen. Ich kann gegen Mittag hingehen. Zu dem Zeitpunkt wird das Gebäude offen sein, aber mein Vater und Franklin werden nicht dort sein.«

Jason schüttelte den Kopf. »Ich weiß nicht. Mir ist das gar nicht recht.«

»Aber mir. Ich mache es.«

»Dafür brauchen Sie Rückendeckung.«

»Nein«, sagte Claire. »Ich mache das. Die DNA muss richtig genommen werden.«

Reggie fuhr ins Parkhaus ihres Wohnhauses und steckte seine Karte in den Schlitz. Er sah zu Lilly hinüber und schüttelte den Kopf. Das, was in den letzten Stunden passiert war, war einfach ein bisschen viel für ihn gewesen. Genau genommen für sie alle. Jetzt würden sie erst einmal schlafen.

Sie, Claire und Jason gingen in ihre Wohnung, Reggie in seine. Er versprach, sie in vier Stunden zu wecken.

Lilly sorgte dafür, dass ihre Gäste alles hatten, was sie für eine Dusche und zum Schlafen brauchten, dann ging sie in die Küche, um den Inhalt des Kühlschranks zu überprüfen. Alles, was sie vor einer Woche, als sie geflohen war, zurückgelassen hatte, wanderte in die Mülltonne. Nur die Gewürze blieben übrig. Die Gefriertruhe war ebenfalls so gut wie leer. Blieben Cracker, Käse und Müsliflocken und ein paar Erdnüsse. Sie verzog das Gesicht, schloss die Schranktür und fand, dass wohl jemand von ihnen bei einem Drive-in vorbeifahren sollte.

»Machen Sie sich keine Gedanken.« Beim Klang von Jasons ruhiger Stimme hinter ihr drehte sie sich um. »Wir holen uns etwas, wenn wir in die Stadt zurückfahren«, sage er. »Jetzt ruhen wir uns erst mal aus.«

»Ich nehme an, das ist Ihr Plan für die nächsten Stunden.«

»Stimmt genau.« Er nahm ihre Hände und blickte darauf hinunter. In seinen Augen war ein Ausdruck, den sie nicht benennen konnte – und vielleicht im Moment nicht einmal benennen wollte. »Lilly, ich ...« Er zögerte.

Sie drückte seine Hände. »Ich weiß, Jason«, sagte sie leise. »Ich weiß.«

Er beugte sich vor und küsste sie. Sanft, süß – und ein ganz klein wenig verzweifelt. Dann legte er die Arme um sie und zog sie an sich. Lillys Herz klopfte, ihre Gedanken überschlugen sich. Sie erwiderte seinen Kuss.

Als er den Kopf hob, hielten seine Augen ihre fest. »Ich weiß, dass wir uns noch nicht lange kennen, aber mir liegt sehr viel an dir.«

»Ich empfinde das Gleiche«, flüsterte sie. Dann räusperte sie sich. »Aber wenn wir etwas anfangen, wollen wir es doch zu Ende führen können, ohne dass irgendwer versucht, mich umzubringen – oder uns.«

Er lächelte. »Eine ausgezeichnete Idee.«

Sie nickte, dann legte sie ihre Stirn an seine Brust. »Danke, Jason.«

Seine starken Arme umfassten sie fester. Es war ein wundervolles Gefühl. Dann seufzte er, küsste sie auf den Scheitel und drehte sie um in Richtung Flur. »Geh. Schlaf, so lange du kannst. Da inzwischen keiner mehr versucht hat, uns umzubringen, habe ich die Hoffnung, dass sie noch nicht wissen, wo wir sind.«

»Aber das könnte sich sehr schnell ändern.«

»Das könnte es.«

»Na gut. Versprichst du, auch zu schlafen?«

»Ja. Sobald ich müde bin.«

Lilly nickte und ging in ihr Zimmer. Sie ahnte, dass Jason nicht schlafen würde. Er hatte im Auto ein Nickerchen gemacht, außerdem war sein Adrenalinspiegel wahrscheinlich viel zu hoch. Er würde aufpassen und sie und Claire wecken, wenn Gefahr drohte. Bis dahin würde Lilly auf jeden Fall versuchen zu schlafen.

Ohne sich auszuziehen, legte sie sich auf ihr Bett und zog die flauschige Bettdecke bis an ihr Kinn hoch. Sie schloss die Augen und sprach ein Stoßgebet mit der Bitte um die Beweise, die sie brauchten, um den Mörder hinter Gitter zu bringen. Und mit der Bitte, dass keiner von ihnen dafür mit dem Leben bezahlen musste.

* * *

Jason stand in der Tür zu Lillys Zimmer. Sie sah so friedlich aus! Er weckte sie nur sehr ungern, doch es war schon fast elf und er wollte frühzeitig beim Büro sein.

Offenbar liebte Lilly kräftige Farben. Die Wände waren milchkaffeebraun, mit Weiß abgesetzt, die Vorhänge rot. Er hätte diese Farben niemals gewählt, aber irgendwie passten sie zu ihr. Es war eine interessante neue Seite ihrer Persönlichkeit. Der Raum war groß, so groß, dass das breite Bett sich beinahe darin verlor. Auf der linken Seite, in einem Erker, war eine Sitzecke eingerichtet, mit einem großen Fernsehbildschirm, einem Fernsehsessel und einem Sofa.

Reggie war vor zwanzig Minuten herübergekommen. Er hatte eine Tüte frisches Obst, einen Topf Honig und Toastbrot auf den Tisch gestellt und ging nun so finster entschlossen im Wohnzimmer auf und ab, dass man befürchten musste, er würde Furchen ins Parkett ziehen.

Plötzlich hatte Jason das Gefühl, ein Eindringling zu sein, wie er hier stand und sich einen so privaten Bereich von Lillys Lebens ansah. Er trat leise ans Bett und berührte ihre Schulter.

Sie fuhr hoch, mit weit aufgerissenen Augen und sichtlich erschrocken.

Er setzte sich neben sie. »Schon gut, Lilly, ich bin's nur.«

Sie presste eine Hand auf ihre Brust und schloss die Augen. »Du hast mich erschreckt.«

»Das habe ich gemerkt. Tut mir leid, ich habe nicht nachgedacht. Ich hätte dich von der Tür aus rufen sollen.«

»Macht nichts.« Sie fuhr sich mit zitternden Händen durchs Haar. »Schon gut.«

»Kannst du in etwa dreißig Minuten fertig sein?«

»Natürlich.«

Er nickte und stand auf. »Reggie ist schon hier. Er hat uns was zum Essen mitgebracht, also brauchen wir unterwegs nicht anzuhalten.«

»Okay. Gut. Ich habe einen Riesenhunger.« Er half ihr aufzustehen. Sie schenkte ihm ein schwaches Lächeln. »Wir schaffen das doch, oder?«

»Ja. Wir schaffen das.«

Sie zögerte kurz, dann schüttelte sie den Kopf. »Na gut. Immerhin bin ich völlig unverdächtig. Die Leute im Haus kennen mich. Ich war zwar fast eine Woche fort, aber das ist nichts Ungewöhnliches. Es dürfte nicht schwer sein, Claire ins Büro einzuschleusen – nicht, wenn es leer ist.«

»Du weißt, dass es sein kann, dass die Polizei es schon durchsucht hat, oder?«

»Ja, aber selbst wenn, haben sie nach Antworten auf die Frage gesucht, warum sie verschwunden sein könnte, und nicht nach ihrer DNA.«

»Da hast du auch wieder recht. Ich gehe jetzt, damit du dich fertig machen kannst.«

Jason verließ das Zimmer. Er schloss die Tür hinter sich und ging ins Wohnzimmer. Reggie stand am Fenster, er hatte ein Fernglas an den Augen.

»Sehen Sie etwas?«, fragte ihn Jason.

»Nein. Nichts, was mir Sorgen machen würde.«

»Gut. Ich dusche noch schnell, dann können wir los.«

Lillys Onkel nickte. »Machen Sie nur, ich passe auf.«

Jason betrachtete den Mann, dem Lilly so bedingungslos vertraute. Reggie hatte ihm keinerlei Grund gegeben zu denken, dass er nicht der war, als der er auftrat – ein Mann, der sich um seine Nichte sorgte, doch Jason konnte sich eines leichten Misstrauens nicht erwehren. Es war nichts mehr passiert, seit sie

Reggie eingeweiht hatten. Und gerade das machte ihn nachdenklich.

Er drehte die Dusche an, doch seine Gedanken konnte er nicht abstellen. Es gab keinen Grund, warum Reggie sich gegen seine Nichte wenden sollte. Wie war sein Verhältnis zu Franklin Rutherford – einmal abgesehen von der Zuneigung zwischen ihm und Lilly? Gab es da etwas?

Er würde Nolan bitten, den Mann ein wenig genauer unter die Lupe zu nehmen. Allerdings durfte er zu diesem Zeitpunkt keinen Kontakt mit seinem Bruder aufnehmen. Er musste selbst auf Lilly aufpassen und Reggie im Auge behalten.

Dreizehn

Lilly starrte auf das Haus, das sie gleich betreten wollte. Das Obst und der Toast, die sie hinuntergeschlungen hatte, lagen ihr wie Blei im Magen. Sie strich den Seidenblazer glatt, den sie angezogen hatte. In den dazu passenden Hosen fühlte sie sich wohl. Sie waren wie für sie gemacht. Ihr makelloses Make-up und die schlichte Frisur vervollständigten ihre geschmackvolle Erscheinung. Jasons Reaktion, als sie ins Wohnzimmer getreten war, hatte ihr ein wenig von dem Selbstvertrauen geschenkt, das sie so dringend benötigte.

Sie umklammerte das neue Handy. Auf ihre inständige Bitte hatte Jason unterwegs gehalten, damit sie es kaufen konnte. Sie wollte es im Büro ihres Vaters lassen, mit der Bitte, sie zurückzurufen. Vielleicht konnte sie ihrem Vater mitteilen, was sie herausgefunden hatten. Er würde ihr glauben. Hoffentlich.

»Okay«, sagte Jason. »Schnell rein und schnell wieder raus. Haltet euch nicht damit auf, mit jemandem zu reden, wenn es nicht unbedingt nötig ist.« Er nickte zu dem Parkplatz gegenüber des Aufzugs hinüber. »Rutherfords Auto ist weg.«

»Ja, er müsste beim Mittagessen sein«, sagte Lilly. »Er geht jeden Tag pünktlich fünf vor zwölf zum Essen. Mein Vater begleitet ihn oft.«

»Wo parkt er?«

»Im ersten Stock. Sein Auto ist auch nicht da.« Ihr Puls beruhigte sich ein wenig. Niemand rechnete mit ihrem Erscheinen, aber wenn sie doch gesehen würde, wäre es auch nichts Ungewöhnliches. Soweit die Leute wussten, war sie beschäftigt, auf Reisen oder auf Wohltätigkeitsveranstaltungen.

Sie stieg aus. Jason und Claire folgten ihr. Reggie wollte im Auto warten. Wenn sie die DNA-Probe hatten, würde Claire wieder ins Parkhaus gehen und Reggie würde sie zum Flughafen fahren.

Lilly ging voran. Im Aufzug drückte sie den Knopf für den fünften Stock. »Kennt jeder seine Aufgabe?«, fragte sie.

»Ja.«

Claire nickte und reichte Lilly den Blumenstrauß, den sie unterwegs gekauft hatten. »Das Ganze könnte mir echt Spaß machen«, sagte sie und sah Lilly dabei an. »Wenn Sie nicht gerade von einem Mörder verfolgt würden.«

»Danke.« Lilly mochte Claire und würde sie gern näher kennenlernen, wenn sie so lange lebte, bis Rutherford hinter Gittern war und diese ganze schreckliche Geschichte ein Ende hatte.

Der Aufzug hielt, die Tür ging auf. Sie, Claire und Jason traten hinaus und wandten sich nach rechts. Im Auto hatte Lilly sich bereits den kürzesten Weg zu Melissas Schreibtisch überlegt und ihn den anderen beschrieben.

Franklins Büro hatte ein Vorzimmer, in dem die Assistentin saß. Franklin selbst hatte natürlich den größeren Raum. Er enthielt einen riesigen Schreibtisch und einen schicken Bürostuhl, außerdem einen Sitzbereich gegenüber des Schreibtischs mit einem Sofa und zwei Lehnsesseln. Die Tür zwischen den beiden Zimmern stand normalerweise offen. Sie wurde nur geschlossen, wenn Franklin es wünschte. Da er im Moment nicht im Büro war, dürfte Claire keine Probleme haben, hineinzugehen und Melissas Schreibtisch zu durchsuchen. Lillys Aufgabe war es, eventuelle Störer abzulenken. Irgendwie. Jason würde sie darin unterstützen, falls es nötig wurde.

»Lillian?«

Sie drehte sich um. »Oh, Miranda!«

»Lillian, hast du das von Melissa gehört?«

Lilly nickte. »Ja. Natürlich.«

»Es ist schrecklich. Hier muss inzwischen alles seinen normalen Gang gehen. Ich frag mich nur, wie das gehen soll. Was machst du eigentlich hier?«

»Wir haben Blumen für Franklin und ich muss was aus dem Büro meines Vaters holen.«

Das Büro ihres Vaters und das von Franklin lagen direkt nebeneinander.

Mirandas Blick wanderte fragend von Jason zu Claire. Lilly zwang sich zu einem Lächeln. »Miranda, verzeih mir meine schlechten Manieren. Darf ich dir Jason Tanner und Claire Montgomery vorstellen? Sie interessieren sich für unsere Arbeit und die sozialen Projekte, die mein Vater auf den Weg gebracht hat. Ich führe sie ein bisschen herum.«

»Willkommen«, sagte Miranda. Ihr Lächeln vertiefte sich, als sie Jason ansah.

Lilly hätte ihr am liebsten gesagt, sie solle verschwinden. Stattdessen räusperte sie sich. »Mein Vater ist wohl beim Essen? Ich habe sein Auto nicht im Parkhaus gesehen.«

»Bestimmt. Er ist doch ein Gewohnheitstier.«

»Das ist richtig.« Lilly deutete auf die nächstgelegene Tür. »Das ist Franklin Rutherfords Büro. Er ist der Wahlkampfleiter meines Vaters.«

Jason nickte interessiert.

»Okay, ich lasse euch drei dann mal allein«, sagte Miranda. »War nett, Sie kennenzulernen.«

Sobald sie ihnen den Rücken zugekehrt hatte, schlüpfte Claire in das Büro. Lilly legte die Blumen auf den Tisch gleich hinter der Tür und blieb dort stehen, während Claire zum Schreibtisch lief.

Plötzlich sah sie aus dem Augenwinkel, dass Miranda zurückkam.

Mit lauter Stimme sagte Lilly: »Ah, Mr Tanner, warten Sie doch bitte einen Augenblick hier. Ich bin gleich zurück. Wenn Ms Montgomery von der Toilette zurückkommt, machen wir weiter.«

Jason begriff augenblicklich. »Natürlich.« Er nahm ihren Platz in der Tür ein, lehnte sich gegen den Rahmen und zog sein Handy aus der Tasche.

Miranda ging vorüber, nicht ohne Jason einen langen Blick zuzuwerfen.

Lilly schnaubte leicht und ging zum Büro ihres Vaters. Sie trat ein, blieb stehen und sah sich um. Es war ihr vertraut, auch wenn der Mann, der hier residierte, ihr oft fern und fremd war. Sie seufzte. Der Tod ihrer Mutter hatte ihn zum Workaholic gemacht. Reggie meinte, er hätte sie so sehr geliebt, dass ihr Tod ihn fast umgebracht hatte. Die Arbeit war seine Methode gewesen zu überleben – und dann war sie ihm zur Gewohnheit geworden.

Der Gedanke tat weh. Sie hatte sich ihr Leben lang bemüht, seine Anerkennung zu gewinnen, und als sie schließlich ihre jetzige Stellung antrat, glaubte sie, ihr Ziel erreicht zu haben. Vielleicht. Es quälte sie, dass sie nicht wirklich sicher war.

Sie trat hinter seinen Schreibtisch, nahm sich einen Stift und einen Block mit Notizzetteln und notierte ihre Handynummer. Darunter schrieb sie:

Ruf mich bitte an.

Lilly

Dann legte sie das Handy neben die Nachricht und holte tief Luft. Sie wusste nicht, ob ihre Verfolger das Handy ihres Vaters gehackt hatten, doch sie traute es ihnen zu.

In dem Moment ertönten Stimmen auf dem Flur. Rasch ging sie zur Tür und schlüpfte aus dem Büro. Dort standen Claire und Jason und sprachen mit einem Mann, der ihr den Rücken zukehrte. Doch sie erkannte ihn sofort.

Franklin Rutherford.

* * *

Jason nahm die Panik in Lillys Gesicht wahr. Dann verhärteten sich ihre Züge, ihre Schultern strafften sich.

»Hallo, Franklin.« Ihre Stimme war eiskalt.

Der Mann erstarrte und wurde totenbleich. Doch gleich darauf nahm sein Gesicht wieder den verbindlichen Ausdruck an, den er im Gespräch mit den Gästen gezeigt hatte. Er neigte den Kopf und drehte sich um. »Lilly, wie kannst du es wagen, einfach so hier aufzutauchen, nach der schrecklichen Sorge, in die du deinen Vater und mich gestürzt hast?«

Sie kniff die Augen zusammen. »*Ich* habe euch in Sorge gestürzt? Willst du abstreiten, dass du Melissa ermordet hast? Dass du meine beste Freundin Jenny umgebracht hast und dass es dir beinahe gelungen wäre, auch mich umzubringen?«

Jason schnappte nach Luft. Sie hatte sich offenbar dazu entschlossen, zum Angriff überzugehen. Ein Stöhnen lenkte Jasons Aufmerksamkeit von dem vor Wut schäumenden Wahlkampfmanager ab. Als er sich umdrehte, standen Miranda und vier weitere Personen hinter ihnen und hörten mit offenem Mund zu.

Miranda wandte sich an den Chef. »Franklin?«

»Das ist gelogen«, würgte er hervor. »Alles Lügen.«

»Nein, ist es nicht«, sagte Lilly. »Und ich werde es beweisen.«

Rutherford zerrte an den Ärmeln seines Jacketts. Dann seufzte er. »Lilly, ich weiß nicht, wie du so vollkommen den Verstand verlieren konntest. Ich bete für dich, dass du Hilfe findest, bevor weiterer Schaden angerichtet wird.«

»Ich brauche keine Hilfe, aber du.«

Plötzlich herrschte Rutherford einen der Männer in Mirandas kleiner Gruppe an: »Wen wollen Sie da anrufen?«

Der Mann, der ein Handy an sein Ohr drückte, lachte. »Meinen Boss. Ich bin Reporter beim *State*. Das hier ist zu gut, das darf ich mir nicht entgehen lassen, tut mir leid. Sagen Sie Maloney, ich wünsche ihm viel Glück für seine Senatskandidatur.« Er hob sein Handy hoch. »Ich habe das Ganze auf Video.« Grinsend wandte er sich an Lilly. »Vielen Dank auch!« Damit machte er auf dem Absatz kehrt und schlenderte davon.

»O nein«, flüsterte Lilly.

Jason ging um Rutherford herum und nahm Lillys Arm. »Ich glaube, unsere Arbeit hier ist getan.« Zu Rutherford sagte er: »Das lief nicht ganz wie geplant, aber wenn Lilly jetzt stirbt, raten Sie mal, wer dann der Hauptverdächtige ist.«

Der Mann war knallrot angelaufen und wirkte, als könnte er jeden Moment einen Herzinfarkt bekommen. Claire trat zu ihnen. Ohne ein weiteres Wort geleitete Jason die beiden Frauen durch den Flur zum Ausgang.

Rutherford gab keinen Ton von sich, doch sein Gesichtsausdruck verriet, dass die Sache für ihn keineswegs vorüber war. Noch lange nicht.

Wieder im Auto, schlug Lilly die Hände vors Gesicht und schwieg lange. Dann sagte sie dumpf: »Mein Gott. Was hab ich getan? Ich hab's vermasselt.«

Jason tätschelte ihr aufmunternd den Rücken. Reggie trommelte nervös mit den Fingern auf das Lenkrad. Er verlangte dringend zu wissen, was passiert war, hielt sich aber zurück.

»Nein, das hast du nicht«, sagte Jason. »Aber es könnte interessant werden.«

»Was wollte er bloß um diese Zeit da drin?«, fragte

sie. »Das ist eine völlige Katastrophe. Es wird ein wahres Fest für die Presse sein.«

»Die Presse?«, platzte Reggie heraus.

Jason erzählte ihm, was geschehen war.

Reggie wurde blass. »Auweia. Tyler wird einen Anfall bekommen.«

»Oder einen Herzinfarkt«, sagte Lilly. »Wahrscheinlich wird er mich enterben. Er wird sagen, ich sei nicht von ihm, ich sei bei der Geburt vertauscht worden oder so was, weil seine Tochter sich niemals so verhalten hätte.«

Reggie blickte in den Rückspiegel. Jason fiel sein seltsamer Gesichtsausdruck auf.

Lilly beugte sich nach vorn. »Claire, ich war so mit mir beschäftigt ... haben Sie etwas gefunden?«

Claire drehte sich mit verschmitztem Lächeln um. »Und ob.«

»Was haben Sie gefunden?«

»Eine Haarbürste mit ihrem Namen auf dem Griff zum Beispiel. Keine Chance zu behaupten, es sei nicht ihre. Wenn ich zu Hause bin, werde ich alles genau katalogisieren.«

Jason legte seine Hand auf Lillys. Sie ließ sich zurücksinken und schloss die Augen. »Ich kann es fast nicht glauben, wir haben es tatsächlich geschafft.«

»Ja«, sagte Jason. Er hob ihre Hand und küsste sie. »Wir sind ein richtig gutes Team.«

Vierzehn

Wieder zu Hause in ihrer Wohnung konnte Lilly vor Anspannung nicht stillsitzen, während Reggie Claire zum Flughafen fuhr. Nachdem er ihr strengste Anweisung erteilt hatte, die Rollläden geschlossen zu lassen und sich von den Fenstern fernzuhalten, war er ins Gästezimmer gegangen.

Sie vermutete, dass er mit Nolan telefonierte. Die Geheimhaltung war inzwischen hinfällig, weil Franklin wusste, dass sie in der Stadt waren. Dieser plante wahrscheinlich – während sie in ihrem Wohnzimmer hin- und herlief wie ein Tier im Käfig – ihren Tod und überlegte sich, wie er dabei vorgehen wollte.

Sie sah auf ihr Handy. Zu ihrer Überraschung hatte es noch immer nicht geklingelt. Sie rechnete fest damit, dass ihr Vater sich melden würde, wenn auch nur, um ihr wegen ihrer Dummheit die Leviten zu lesen. Dass er es bis jetzt nicht getan hatte, beunruhigte sie.

Sie schob die Gedanken an ihren Vater beiseite und ging im Geist noch einmal die Ereignisse dieses Nachmittags durch. Warum war Rutherford plötzlich im Büro aufgetaucht? Und wo war ihr Vater gewesen, wenn er nicht mit seinem Wahlkampfleiter zusammen zu Mittag gegessen hatte?

Im Hintergrund lief der Fernseher. Sie brachten quasi nonstop das Video, wie sie Franklin im Büro ihres Vaters anschrie. Die Redakteure stellten wilde Spekulationen an. Sie schüttelte den Kopf. Jeder fabulierte sich eine eigene Erklärung für das Video zusammen.

Ihr Handy summte. Sie erstarrte. Nur vier Menschen kannten diese Nummer. Reggie, Jason, Nolan und jetzt ihr Vater. Sie schaute auf den Bildschirm und sah, dass der Anruf von dem neuen Handy kam, das sie ihrem Vater auf den Schreibtisch gelegt hatte. Mit einem tiefen Atemzug wappnete sie sich.

»Hallo, Vater.«

»Hallo, Lillian.«

Sie schnappte nach Luft. Ihr Puls schnellte in die Höhe. »Franklin? Wie kommst du an diese Nummer?«

»Sie lag auf dem Schreibtisch deines Vaters.«

Ihr Magen verknotete sich. »Und wo ist mein Vater?«

»In Sicherheit. Im Moment jedenfalls.«

»Was soll das heißen?« Die Angst hielt sie fest umklammert. Sie wusste, was das hieß.

»Ich gehe mal davon aus, dass du die Nachrichten gesehen hast.«

»Natürlich. Und wozu es auch gut sein mag, ich wollte das nicht. Ich habe im Gegenteil alles getan, um diese Sache aus den Medien herauszuhalten. Ich hatte keine Ahnung, dass ein Reporter anwesend war.«

»Nun, du hast es vermasselt. Es bleibt nur ein einziger Ausweg.«

»Und der wäre?«

»Du musst es wieder in Ordnung bringen.«

»In Ordnung bringen? Wie? Ich kann es nicht in Ordnung bringen.«

»Das musst du aber oder dein Vater ist ein toter Mann.«

Ihr Handy summte erneut, sie nahm es vom Ohr, um auf den Bildschirm zu schauen. Ein Foto zeigte ihren Vater in seinem Büro an seinem Schreibtisch, wie er ein paar Papiere durchsah.

»Ich kann selbstverständlich jederzeit an ihn rankommen«, sagte Franklin. »Du weißt, dass er mir bedingungslos vertraut, trotz deiner dummen Geschichte, ich hätte jemanden umgebracht.«

Sie hob das Handy wieder ans Ohr und sagte: »Damit wirst du nicht durchkommen.«

Schweigen. Dann sagte Franklin: »Nimm zurück, was du gesagt hast.«

»Was?«

»Nimm es zurück oder er stirbt. So einfach ist das.«

»Aber ...«

»Ruf ein paar Pressefritzen zusammen und gib zu, dass du dich geirrt hast, dass du einen Groll gegen mich gehegt hast, weil du die Position der Wahlkampfleitung selbst wolltest und dein Vater sie mir gegeben hat. Gib zu, dass du dachtest, wenn du meinen Namen in den Schmutz ziehst, würde dir die Stellung in den Schoß fallen. Entschuldige dich, kriech ein bisschen zu Kreuze und ich lasse deinen Vater – vielleicht – am Leben.«

Lilly schluckte. »Und wenn nicht? Wirst du ihn dann umbringen? Und du glaubst, damit könntest du davonkommen?«

»Ich bin schon zwei Mal mit einem Mord davongekommen, warum sollte ich es nicht ein drittes Mal versuchen?«

Die aalglatte Selbstsicherheit seiner Stimme jagte ihr einen Schauer über den Rücken. »Aber mein Vater wird dich anzeigen, wenn ich ihm von diesem Gespräch erzähle.« Das Ganze war einfach absurd.

»Lillian, Lillian. Was ist deinem Vater das Allerwichtigste im Leben?«

»Seine Karriere«, flüsterte sie.

»Und wie sehr wünscht er sich den Sitz im Senat?«

Lilly schloss die Augen. »Mehr als alles in der Welt.« Ihr Vater hatte sie geliebt, aber nicht mehr als seine Karriere. Wenn er die auf diese Weise retten konnte, würde er tatsächlich tun, was Franklin von ihm verlangte?

»Also, du kennst jetzt deine Rolle. Du bist die bedauernswerte Tochter, die eine furchtbare Geisteskrankheit entwickelt hat. Du hattest deine Medikamente abgesetzt und hast im Wahn einen unbescholtenen Bürger mit Lügen verleumdet.«

»Und mein Vater ist der fürsorgliche, liebevolle Mann, der entschlossen ist, alles dafür zu tun, dass seine arme Tochter gut versorgt ist«, flüsterte sie. Sein Plan war nicht schwer zu durchschauen.

»Du warst schon immer ein kluges Mädchen. Wir haben uns also verstanden?«

»Ja.«

»Wenn du irgendjemandem davon erzählst, stirbt dein Vater.« Jetzt lachte er tatsächlich. »Du weißt nicht, worauf du dich da eingelassen hast, mein Mädchen. Wir haben bereits gefälschte Krankenakten mit Berichten über deine psychische Labilität, deine lebenslange Medikation und die lange Liste deiner Wahnvorstellungen. Wenn wir das an die Presse geben, bin ich das Opfer deiner Lügen. Und dein armer, am Boden zerstörter Vater, dessen Herz gebrochen wurde, wird Selbstmord begehen. Genauso wie deine beste Freundin.«

Sie spürte Panik in sich aufsteigen. Er hatte das alles schon fix und fertig ausgearbeitet. Sie sah keinen Ausweg. Es bestand kein Zweifel, dass er die entsprechenden Berichte hatte. Wenn sie nicht tat, was er verlangte, würde nicht nur ihr Vater sterben, sondern auch sie.

»Und«, fuhr er fort, »bei all der öffentlichen Aufmerksamkeit, die dein kleiner Ausbruch momentan im landesweiten Fernsehen erregt, werden die Sympathien ganz bei mir liegen, sobald du deine Worte zurückgenommen und zugegeben hast, dass du gelogen hast, und dann kann ich machen, was ich will.«

»Was könnte dich hindern, meinen Tod zu inszenieren, wenn ich getan habe, was du verlangst?«

Er schnaubte. »Nichts, würde ich sagen. Aber du musst es trotzdem tun, wenn du deinen Vater retten willst.«

Lilly fühlte sich machtlos. »Wo soll die Pressekonferenz stattfinden?«

Er grunzte zufrieden. »Ich dachte mir, dass du mich verstehen wirst. Sei in dreißig Minuten vor dem Büro deines Vaters. Und wenn ich irgendjemanden bei dir sehe, ist dein Vater geliefert.«

»Ich habe kein Auto«, sagte sie.

»Vor deinem Haus wartet schon jemand. Geh runter und steig ein. Sofort. Und bleib in der Leitung, bis du mit den Reportern sprichst.«

Hastig griff sie nach einem Stift und einem Notizzettel.

»Komm schon, Lillian. Ich höre nicht, dass du dich bewegst.«

»Ich denke nach.«

»Mach dir keine Gedanken, das bringt nur deinen Vater um.«

Lilly kritzelte in aller Eile eine kurze Nachricht für Jason hin. *Bin im Büro, versteck dich. Er sieht zu.*

Dann griff sie mit einem kurzen Blick zu dem Schlafzimmer, in dem Jason noch immer telefonierte, ihre Geldbörse und schlüpfte hinaus.

* * *

Jason kam ins Wohnzimmer und sah, dass es leer war. »Lilly?«

Vielleicht war sie in ihrem Zimmer. Die Tür stand weit offen und das Zimmer war ebenfalls leer.

Badezimmer? Er schaute nach. Auch leer.

Sein Herzschlag beschleunigte sich. Er ging wieder ins Wohnzimmer. Seine Augen flogen zu dem Couchtisch, auf den Lilly ihr Portemonnaie gelegt hatte, als sie nach Hause kamen.

Es war fort.

Sie war fort.

Er zog sein Handy heraus, schnappte sich die Autoschlüssel und wählte Reggies Nummer. Auf dem Weg zur Tür blieb er abrupt stehen. Eine Klebenotiz schwebte auf Augenhöhe vor ihm. Er las sie. Ihm wurde eiskalt.

Irgendwie hatte Rutherford Kontakt mit Lilly aufgenommen. Und sie war auf dem Weg zu ihm.

Jetzt lag es an ihm, einen Weg zu finden, sie zu retten.

* * *

Der schwarze SUV hielt am Bordstein. Lilly stieg aus, das Handy noch immer in der Hand. »Ich bin da.« Die Presse war ebenfalls da. In voller Besetzung. Sie schauderte und nahm all ihren Mut zusammen, um zu tun, was er ihr befohlen hatte. Der Gedanke, dass ihr Vater auf sie zählte, gab ihr Kraft. Sie straffte die Schultern und hob den Kopf.

Sie hatte einen Plan. Er war riskant, aber es war das Einzige, was sie tun konnte. Sie beendete das Gespräch mit Franklin und öffnete eine App auf ihrem Handy. Es dauerte nur ein paar Sekunden, dann hatte sie gefunden, was sie suchte.

Sie holte tief Luft und trat vor das Mikrofon, wartete, bis alle still waren. Sie räusperte sich und beugte sich vor. »Vielen Dank, dass Sie gekommen sind.«

Franklin tauchte zu ihrer Linken auf. Sie warf ihm einen langen Blick zu. Er wandte den Blick als Erster ab. Sie nahm sich die Zeit, die Tatsache zu genießen, dass die Kamera diesen Blickwechsel registriert hatte. Jetzt erschien auch ihr Vater. Kurz kam sie ins Zweifeln. Aber nein, sie musste ihren Plan ausführen. Es war die einzige Möglichkeit, ihren Vater vor einem Verrückten zu retten.

Sie holte abermals tief Luft und beugte sich erneut über das Mikrofon. »Wie Sie wissen, habe ich heute Mittag bestimmte Dinge gesagt, die ohne mein Wissen an die Öffentlichkeit gelangt sind. Nachrichtensender im ganzen Land senden sie nun ohne Unterlass. Ich habe keine Entschuldigung für das, was ich gesagt habe. Wenn ich Anschuldigungen erheben wollte, hätte ich das hinter verschlossenen Türen tun müssen. Leider ist es dafür nun zu spät. Der Schaden ist angerichtet, es liegt an mir, ihn wiedergutzumachen.«

Franklin machte eine winzige Handbewegung, als wolle er sie zur Eile antreiben.

Sie sah wieder in die neugierigen Gesichter vor sich. Sie alle wollten eine gute Geschichte hören oder Blut sehen. Oder beides. »Ich bin gekommen, um Ihnen zu sagen, dass jedes Wort, das ich zu Franklin Rutherford gesagt habe, der Wahrheit entsprach und dass ich nichts zurücknehmen werde.«

Die Menge schrie und rief durcheinander. Franklins Augen weiteten sich. Er legte ihrem Vater eine Hand auf die Schulter.

»Und Sie sollen auch erfahren, warum ich all das gesagt habe.« Sie tippte auf die Abspieltaste ihres Handys, das Telefongespräche aufnehmen konnte, und hielt das Gerät direkt vor das Mikrofon.

»Und wenn nicht?«, erklang Lillys Stimme laut. »Wirst du ihn dann umbringen? Und du glaubst, damit könntest du davonkommen?«

»Ich bin schon zwei Mal mit einem Mord davongekommen« – das war Franklins aalglatte, hochmütige

Stimme – »warum sollte ich es nicht ein drittes Mal versuchen?«

Die Reporter machten ihrer Aufregung lautstark Luft. Franklin lief los. Jason schoss aus der Menge heraus und hechtete ihm hinterher. Er hielt ihn fest, bis die Polizisten, die aus Sicherheitsgründen anwesend waren, bei ihnen waren und ihm Handschellen anlegten.

Währenddessen wandte Lilly sich erneut an die Reporter. »Der Rest der Aufnahme wird Ihnen zu einem späteren Zeitpunkt zugänglich gemacht werden.«

Sie drehte sich zu ihrem Vater um. Er starrte sie mit unergründlichem Gesichtsausdruck an. Dann machte er auf dem Absatz kehrt, boxte sich durch das Gewimmel und verschwand in seinem Büro. Lillys Herz wurde schwer bei dieser Reaktion. Sie wusste, dass sie das Richtige getan hatte, das Richtige auch für ihn. Vielleicht würde er es eines Tages verstehen. Und wenn nicht, so war er doch wenigstens am Leben.

Fünfzehn

Jason saß neben Lilly im Café. Sie hatten ein hübsches Plätzchen in einer ruhigen Ecke ergattert. Die dramatische Festnahme von Franklin Rutherford lag jetzt zwei Wochen zurück und Jason war erst heute Morgen aus Tanner Hollow nach Washington, D. C., zurückgekehrt.

»Wie geht es Kallie und dem Baby?«, fragte Lilly.

Jason grinste. »Großartig. Nolan junior.« Er schüttelte den Kopf. »Da muss er in ziemlich große Schuhe hineinwachsen.«

»Nolan wird ein wunderbarer Vater sein. Er wird ihn alles lehren, was er wissen muss.«

»Stimmt.« Er trank einen Schluck Kaffee und sah ihr dabei in die Augen. »Was ist?«, fragte er, als er ihren Gesichtsausdruck sah.

Sie zuckte die Achseln. »Nichts.«

»Doch, du hast doch was.«

Lilly lachte. »So was hätte ich auch gern. Irgendwann.«

»Was?«

»Einen Mann und ein oder zwei Kinder. Eine Familie.« Ein Seufzer entschlüpfte ihr. »Ich war so konzentriert auf meine Arbeit, immer nur Arbeit, Arbeit, Arbeit, dass ich den Teil von mir, der sich mehr wünscht, vernachlässigt habe.«

Jason nahm ihre Hand. »Ich glaube, du bist auf dem richtigen Weg.«

Sie lächelte. »Glaubst du?«

»Ganz sicher.«

Sie sah zu ihm, noch immer lächelnd. Doch dann runzelte sie die Stirn. »Ich hätte beinahe nicht lange genug gelebt, um dir das zu sagen: Ich kann dir gar nicht genug für alles danken.«

Er drückte ihre Finger. »Du brauchst mir nicht laufend zu danken.« Er zuckte die Achseln. »Ich glaube, wir zwei sind füreinander bestimmt. Wenn der Stromzähler in der Absteige, in der du dich versteckt hattest, keinen Kurzschluss gehabt und nicht genau im richtigen Moment Feuer gefangen hätte, würden wir jetzt nicht hier sitzen und miteinander reden.

Lilly lachte leise. »Es war offensichtlich noch nicht Zeit für mich, zu gehen.«

»Genau. Und dafür bin ich meinerseits sehr dankbar.« Er räusperte sich. »Also, ich will kein Spielverderber sein, aber ich muss dir etwas sagen.«

»Was denn?«

»Nolan hat eine Neuigkeit für uns. Sie haben Melissa gefunden.«

Lilly sog scharf die Luft ein. »Wo?« Sie hatten Franklins Wohnung durchsucht, aber nichts gefunden.

»Sie wurde in einem See etwa vier Meilen von seinem Haus entfernt versenkt. Er hatte sie in die Plastikplane aus dem Parkhaus gewickelt und in seinen Kofferraum gelegt. Dann fuhr er nach Hause, holte ein paar Gewichte aus seinem Trainingsraum, die er mit dem Seil der Schaukel in seinem Hof an ihr befestigte. Später hat sich das Seil wohl von der Plane gelöst, sie trieb nach oben. Ein Angler hat sie gestern Nachmittag entdeckt.«

Lilly schloss die Augen und schluckte schwer. »Ihre arme Familie! Aber wenigstens haben sie jetzt Gewissheit.«

»Es gibt noch etwas: Die Beweise, die Claire gesammelt hat, werden wahrscheinlich vor Gericht zugelassen. Das und deine Aussage und die Aufnahme, die du genialerweise gemacht hast, werden Rutherford für lange Zeit hinter Gitter bringen.«

»Was ist mit dem Typ, der mich im Krankenhaus überfallen hat?«

»Auch er wird für viele Jahre ins Gefängnis kommen. Sie sind dabei, Beweise für weitere Morde zu sammeln, die er begangen hat. Anscheinend ist er ein Auftragskiller, der bevorzugt für Politiker arbeitet.«

Sie verzog das Gesicht. »Das ist ja schrecklich.«

»Ich weiß.« Er nahm ihre Hände. »Es tut mir leid.«

»Mir auch.«

»Hast du herausgefunden, warum Rutherford ins Büro zurückkam, obwohl er doch eigentlich beim Mittagessen hätte sein müssen?«, fragte Jason.

»Er hat damals auf ein Schriftstück gewartet, das er für meinen Vater brauchte. Miranda hatte ihn angerufen und ihm gesagt, dass es eingetroffen sei, deshalb kam er zurück, um es zu holen.«

»Oh! Schlecht gewählter Zeitpunkt.«

»Ich weiß nicht. Es hat sich doch alles ganz gut gefügt. Auf unerwartete, ja verrückte Weise, aber doch gefügt.«

Er lächelte. »Und ob! Ach ja – hast du deinen Vater überreden können, heute Abend mit uns zu essen?«

Lilly schüttelte den Kopf. »Nein. Er sagt danke, aber nein. Er trauert noch immer um seinen Wahlkampfleiter, auch wenn er der Meinung ist, dass er jetzt dort ist, wo er zu sein verdient.«

»Versuchen wir es noch einmal.«

»Was?«

»Lass uns zu seinem Büro gehen und es noch einmal versuchen. Ich habe vor, sehr lange Zeit in deinem Leben zu sein, und ich möchte ihn gern kennenlernen.«

»Jason, das könnte ein vergebliches ...«

Er sah sie mit seinem besten Welpenblick an. »Bitte!«

Sie stöhnte, dann lachte sie. »Also gut. Reden wir noch mal mit ihm.«

* * *

Auf dem kurzen Weg zu dem Gebäude, das noch immer durch ihre Albträume geisterte, hielt Lilly Jasons Hand. Im Aufzug rieb sie sich die feuchten Handflächen an ihrer Hose trocken. Sie war entschlossen zu tun, was Jason sich wünschte. Sie wollte noch einmal versuchen, ihren Vater zu überreden, den Mann, für den sie in so kurzer Zeit so starke Gefühle entwickelt hatte, besser kennenzulernen. Jason und Reggie verstanden sich inzwischen sehr gut und es war ihr inniger Wunsch, dass das auch ihrem Vater und Jason gelang. Doch sie musste sich eingestehen, dass sie nicht viel Hoffnung hatte. Jedenfalls würde sie sich davon nicht die Freude verderben lassen, die ihr das Zusammensein mit Jason machte.

Sie traten aus dem Aufzug und gingen den Flur zum Büro ihres Vaters hinunter. Die Tür stand offen, doch er war nicht drin.

»Er ist sicher nur kurz rausgegangen. Wir können drinnen warten«, sagte Lilly und trat an den Schreibtisch ihres Vaters. Dort nahm sie ihr Lieblingsbild in die Hand. Ein Foto ihrer Mutter. Es war das einzige Bild, das auf seinem Schreibtisch stand. Früher war sie traurig darüber gewesen, doch jetzt akzeptierte sie es. Es war seine Art.

Jason setzte sich derweil in einen der Lehnsessel.

»Als Kind bin ich immer hierher gekommen und

habe auch in dem Sessel gesessen, in dem du jetzt sitzt. Das hat mir so ein Gefühl von Wichtigkeit gegeben.«

»Du bist mir wichtig, egal, in welchem Sessel du sitzt«, antwortete Jason prompt.

Sie lachte. »Danke.« Sie setzte sich auf den großen Lederdrehstuhl. Der Schredder stand ihr im Weg. Sie schob ihn so weit beiseite, dass sie sich mit den Füßen abstoßen und mit dem Ledersessel drehen konnte. »Das habe ich als Kind immer gemacht.«

Jason stimmte in ihr Lachen ein.

Dann fiel ihr Blick auf die Ablage hinter dem Schreibtisch ihres Vaters. Auf eine gelbe Klebenotiz. Die Notiz, die an dem Block neben ihrem Telefon fehlte. Überrascht nahm sie sie in die Hand. Darunter befand sich eine weitere Notiz, auf der Jennys Wohnungsadresse notiert war.

Sie spürte, wie sich die Angst in ihrem Magen zusammenballte. Sie las die nächste Notiz, unter der zweiten. Es war die Adresse, an der sie gewohnt hatte, als der Killer sie unter Drogen gesetzt und versucht hatte, sie umzubringen. Es war eine billige Mietwohnung in einem heruntergekommenen Stadtviertel gewesen, wo man die Miete im Voraus entrichten musste, doch für ihre Zwecke hatte es genügt.

»Lilly?« Jasons Stimme ließ sie von den Beweisen, die sie am liebsten geleugnet hätte, aufblicken.

Ihr Vater stand in der Tür, er wirkte blass und angespannt.

»Du hast es gewusst«, sagte sie.

Er kam ins Zimmer und schloss die Tür. »Franklin kam zu mir, nachdem er Melissa erschossen hatte.« Ihr Vater rieb sich mit zitternden Händen über das Gesicht. »Ich konnte nicht fassen, dass er eine derartige Dummheit begangen hatte. Er hat sie geliebt und sie hat ihn wegen eines Jüngeren sitzen gelassen. Sie plante, nach dem Urlaub mit ihm zu kündigen. Er verlor die Beherrschung und erschoss sie. Wir mussten schnell handeln, um das Chaos zu beseitigen.«

»Sie war kein Chaos, sie war ein Mensch«, sagte Jason schockiert.

»Und das Bildmaterial des Sicherheitsdienstes?«, fragte Lilly.

»Es war nicht weiter schwer, jemand zu bestechen.«

»Wen? Doch nicht George?«

Er zuckte die Achsel. »Nein. Paul. Er hatte damals Dienst.«

Lilly stand auf. »Und ich? Ich habe ebenfalls zu diesem *Chaos* gehört? Du musst einverstanden gewesen sein, dass er Jenny und mich ebenfalls umbringt!«

»Nein, natürlich nicht. Aber Franklin war ganz sicher, dass, falls die Geschichte herauskam, das das Aus für unsere Karriere gewesen wäre.«

»Und um eure kostbare Karriere zu retten, hast du

zugelassen, dass er jemanden anheuert, der deine eigene Tochter umbringt? Wie konntest du nur? Wie konntest du?« Sie stand mit flammendem Blick vor ihm, ungewiss, was sie tun würde, wenn sie ihn in die Finger bekam. Sie zitterte am gesamten Leib.

Jason sprang auf und trat zwischen die beiden und hielt Lilly fest, ehe sie es herausfinden konnte. Einen Moment lang wehrte sie sich heftig, dann fiel sie schwer gegen ihn.

»Ich hasse dich! Du bist ein Monster! Ich bin deine Tochter!«, schrie sie.

»Nein, das bist du nicht!« Er war tiefrot geworden. Mit zusammengekniffenen Augen und geweiteten Nüstern sah er sie an.

Lilly erstarrte. Blinzelte. Schnappte nach Luft. Ihr Vater tat es ihr gleich.

»Was hast du da gerade gesagt?« Ihre Worte waren nur ein Flüstern, kaum verständlich.

Er ließ sich aufs Sofa fallen. »Warum konntest du dich nicht einfach um deine eigenen Angelegenheiten kümmern?«

»Das habe ich getan, als ich den Mord beobachtet habe!«

Ihr Vater antwortete nicht. Jason sah aus, als wollte er sich auf ihn stürzen.

Sie schüttelte den Kopf. Schmerz und Wut standen ihr ins Gesicht geschrieben. »Mein ganzes Leben lang habe ich versucht, es dir recht zu machen, doch es ist mir nie gelungen. Ich habe mir eingeredet, dass du mich liebst – vielleicht nicht so sehr wie deine Arbeit, aber doch liebst. Als ich erwachsen war, dachte ich, wenn ich mit dir arbeiten, wenn ich deine Projekte zu meinen machen würde, würde ich endlich deine Anerkennung finden.« Ihre Gefühle drohten jeden Moment, sie zu überwältigen. »Ich habe mich geirrt. Ich kann deine Liebe und Anerkennung gar nicht bekommen, weil ich nicht dein Kind bin.« Sie schluckte und rang um Fassung. »Wessen Kind bin ich also?«

»Meins.«

Beim Klang der Stimme drehte Lilly sich um. Tränen schossen ihr in die Augen. »Onkel Reggie?«

Er hatte die Tür geöffnet, ohne dass es jemand gemerkt hatte. Jetzt trat er ins Zimmer und schloss die Tür. »Ich habe es dir schon lange sagen wollen, aber ich hatte deiner Mutter versprochen zu schweigen.«

»Aber warum?«

Er lächelte. »Weil sie dich mehr liebte als ihr eigenes Leben und wusste, dass dein Vater dich dafür bezahlen lassen würde, wenn sie es verriet. Sie wollte nicht, dass sein Zorn sich gegen dich richtete.«

Lilly sah den Mann an, den sie ihr Leben lang für ihren Vater gehalten hatte. »Und du warst einverstanden?«

»Natürlich war er einverstanden«, antwortete Reggie für ihn. »Du kannst dir sicher vorstellen, was es für sein Selbstbild bedeutet hätte, wenn herausgekommen wäre, dass seine Frau ihn mit seinem eigenen Bruder betrogen hatte?«

Tyler Maloney sprang auf und holte zum Schlag gegen seinen Bruder aus. Der duckte sich weg, der Hieb ging ins Leere. Jason packte den Wütenden um die Taille und riss ihn zurück. Er landete auf dem Sofa.

Reggie sah seinen Bruder kopfschüttelnd an. »Du bist ein Dummkopf.«

»Geh mir aus den Augen!«

»Sie hat dich geliebt, das weißt du«, sagte Reggie. »Für Olivia gab es immer nur dich. Aber du hast sie sträflich vernachlässigt, Tyler.«

»Und du hast nichts lieber getan, als für mich einzuspringen, oder?«

In Reggies Augen trat ein beschämter und gleichzeitig verletzter Blick. »Ich habe sie geliebt«, sagte er mit gebrochener Stimme.

»Aber sie ist trotzdem bei mir geblieben«, schnaubte Tyler.

»Weil sie wusste, dass sie krank war und nicht mehr lange leben würde. Aber sie hatte noch vier Jahre und hat nicht einen einzigen Augenblick dieser Zeit als selbstverständlich angesehen.«

»Was?« Lilly keuchte auf. »Aber meine Mutter ist bei einem Autounfall gestorben.«

»Bei dem du ebenfalls sterben solltest«, sagte der Mann, den sie bis jetzt für ihren Vater gehalten hatte.

In seinen Augen stand der blanke Hass. Er wirkte wie ein Wahnsinniger. Lilly wusste nicht, ob sie weinen oder weglaufen sollte.

»Du hast sie umgebracht«, sagte Reggie ruhig, mit tödlichem Ernst. »Ich habe es immer vermutet, konnte es aber nie beweisen.«

»Sie hat nur noch von dir geredet. ›Warum kannst du nicht wie Reggie sein?‹«, höhnte er. »›Reggie würde nie so mit mir sprechen.‹ Ich konnte es nicht mehr hören. Ich habe die Bremsschläuche durchgeschnitten und sie mit dem Auto losgeschickt.«

»Das kann nicht wahr sein«, stieß Reggie hervor. »Und Lilly wolltest du ebenfalls umbringen? Was bist du nur für ein Ungeheuer!«

Der andere sah ihn höhnisch an. »Eins, das große Macht hat. Eins, das weiß, wie es eine Situation zu seinem Vorteil nutzt. Nach dem Autounfall hatten alle solches Mitleid mit mir. Es hat bestens funktioniert! Ich war der bedauernswerte Witwer und alleinerziehende Vater. Meine Beliebtheit schoss förmlich nach oben. Also fand ich mich damit ab, ein Balg am Hals und ein Kindermädchen im Haus zu haben.«

»Und wenn es sich nicht als nützlich erwiesen hätte?«, flüsterte sie. »Dann hättest du dafür gesorgt, mich loszuwerden, nicht wahr?«

Zähneknirschend wandte er den Blick ab.

»Die Polizei ist unterwegs«, sagte Reggie.

Tyler rührte sich nicht.

»Ich kann es nicht glauben«, sagte Lilly. »Das alles ergibt keinen Sinn.«

Er blickte auf und sah sie an. Und plötzlich fiel es ihr wie Schuppen von den Augen.

»Du hast gelogen. Es war nicht Franklin, der versucht hat, mich loszuwerden. Du wolltest ihm nicht einfach nur helfen. Das Ganze war von Anfang an dein Plan.«

Ein Klopfen an der Tür lenkte sie ab. »Polizei! Ist alles in Ordnung da drin?«

Maloney sprang auf und stürzte zu seinem Schreibtisch, so schnell, dass niemand ihn daran hindern konnte.

»Nein! Vater!«, schrie sie auf.

Er hob die Hand und zielte mit einer Waffe auf sie alle drei.

Jason, der versucht hatte, ihn aufzuhalten, trat einen Schritt zurück und hob die Hände. Dann trat er vor Lilly. »Legen Sie die Waffe weg, Sir«, sagte er. »Es ist vorbei.«

Jetzt wurde gegen die Tür gehämmert. »Polizei! Aufmachen!«

»Was hast du vor, Ty?«, fragte Reggie. »Willst du uns alle erschießen?«

Die Hand ihres Vaters, in der er die Waffe hielt, zitterte. Er war verzweifelt, das war deutlich zu sehen.

»Nein. Ich brauche einfach nur einen Vorsprung, um hier fortzukommen.«

»Er hat eine Waffe!«, schrie Reggie.

Die Tür flog nach innen auf. Polizeibeamte stürzten ins Zimmer. Sie zielten auf ihren Vater.

»Lassen Sie die Waffe fallen!«, brüllten mehrere Stimmen gleichzeitig.

»Vater, bitte«, rief Lilly. »Bitte!«

Er sah sie an. »Ich kann nicht ins Gefängnis gehen.«

»Nein«, flüsterte sie.

Sie wusste, was er tun würde. Er richtete die Waffe auf sich selbst.

Jason riss sie herum, als er schoss. »Sieh nicht hin«, flüsterte er. »Sieh nicht hin.«

Epilog

Sechs Monate später

Lilly wandte ihr Gesicht der Sonne zu, die durch das Fenster schien, und lächelte. Heute war ihr Hochzeitstag. Es waren schwierige sechs Monate gewesen, doch Jason und der Mann, den sie jetzt beide Vater nannten, hatten ihr geholfen, sie zu überstehen.

Claire hatte sie informiert, dass die DNA tatsächlich die von Melissa Miller gewesen war. Doch da Franklin ein volles Geständnis abgelegt hatte und im Gefängnis saß und Tyler Maloney tot war, war dieser Beweis gar nicht mehr nötig gewesen.

Kallie betrat das kleine Sprechzimmer in der Kirche, Nolan jr. auf dem Arm. Das Baby klatschte in die Hände und streckte Lilly die Ärmchen entgegen.

Sie nahm den Kleinen, unbesorgt, dass er ihr Kleid beschmutzen könnte. »Er scheint jedes Mal, wenn ich ihn auf den Arm nehme, ein Pfund schwerer geworden zu sein.«

»Ist er sicherlich auch.« Kallie grinste. »Du siehst atemberaubend aus.«

»Danke.«

»Ich bin so froh, dass ihr hier in Tanner Hollow heiratet und nicht in Washington.«

»Ich auch.« Bald würde sie durch das Kirchenschiff nach vorn schreiten und nach der Hochzeit wartete eine Kreuzfahrt nach Alaska auf sie und Jason. Zwei Wochen, die nur ihnen beiden gehörten.

Sie reichte das Baby der Frau, die in Kürze ihre Schwägerin sein würde. »Also denn, mein Schatz, bringen wir es hinter uns.«

»Nach dir.«

Lilly trat aus dem Sprechzimmer in den Vorraum der Kirche. Es war eine kleine Hochzeit, an der nur die paar Menschen teilnahmen, die sie liebte. Reggie war natürlich da und seine Verlobte, die Frau, die bald ihre Stiefmutter sein würde. Lilly hatte Beth vom ersten Augenblick an geliebt. Es war, als hätte Reggie sich endlich dazu durchgerungen, sich von ihrer Mutter zu lösen und seinen Lebensfaden wieder aufzunehmen.

Miranda und ein paar andere Kollegen aus dem Büro, mit denen sie am Vorabend zusammen gefeiert hatte, waren ebenfalls anwesend.

Doch jetzt war es Zeit. Sie würde Jason heiraten und mit ihm in Tanner Hollow leben, bis dass der Tod sie schied. Sie hatte, seit sie hier war, bereits drei soziale Projekte auf den Weg gebracht und war momentan damit beschäftigt, Geld für ein Jugendzentrum aufzutreiben, für all diejenigen Schüler, die keinen Ort hatten, wo sie nach der Schule hingehen konnten. Es war ein gutes Leben, das hier auf sie wartete.

Die Musik setzte ein. Sie holte tief Luft. Reggie, der Mann, der ihr ihr ganzes Leben lang ein Vater gewesen war – auch wenn er nie mit ihr in einem Haus gewohnt hatte –, trat neben sie. »Bereit?«

»Mehr als bereit.«

»Du siehst wunderschön aus.«

»Danke, Vater.«

Er schluckte. »Jedes Mal, wenn du mich so nennst, fühle ich mich gesegnet.«

Sie küsste ihn auf die Wange.

Am anderen Ende des Ganges stand Jason, selbstsicher und umwerfend gut aussehend in seinem schwarzen Smoking. Am liebsten wäre sie den Gang entlanggerannt und hätte sich in seine Arme geworfen. Doch stattdessen lächelte sie nur. Strahlte.

Er erwiderte ihr Lächeln, doch sie meinte, Tränen in seinen Augen zu sehen.

»Komm, Vater, gehen wir, schnell. Ich mag dieses langsame Schreiten nicht.«

Reggie lachte. Gemeinsam legten sie den Weg in Rekordzeit zurück, alles andere als im Rhythmus der Musik. Doch das war ihr völlig egal.

Jason nahm ihre Hand, ihr Vater trat zurück. »Du siehst hinreißend aus.«

»Du auch.« Sie lachte und sah Jason in die Augen. »Es gibt auf der weiten Welt keinen Ort, an dem ich in diesem Augenblick lieber wäre.«

»Ich ebenfalls«, flüsterte er.

Der Pfarrer räusperte sich. Sie drehten sich zu ihm und er begann mit der Zeremonie.

Jason beugte sich zu ihr hinüber und küsste sie auf die Stirn. »Ich liebe dich.«

Sie hob ihren Kopf und lächelte ihn an. »Und ich liebe dich.«

Er küsste sie wieder.

Der Pfarrer hielt inne. »Äh ... so weit sind wir noch nicht.«

Jason hob den Kopf. »Dann mal los.«

Lilly lachte vor Freude auf. Innerlich dankte sie Gott aus tiefstem Herzen für seinen Schutz und seine Vorsehung, dafür, dass er sie hierher gebracht hatte.

Dann holte sie tief Luft und sprach das Gelübde, das sie in die Zukunft führen würde. Eine Zukunft, zu der der Mann gehörte, der neben ihr stand, und eine Liebe, die ihr Herz zu sprengen drohte.

Leseprobe »Geheimnisse von Tanner Hollow«
von Lynette Eason

Eins

Honor McBride packte das Lenkrad fester. Ein schneller Blick in den Rückspiegel zeigte ihr, dass sie nicht mehr verfolgt wurde. Aber sie war sich nicht sicher, ob es ihr gelungen war, ihre Spuren gut genug zu verwischen. Die Abstände, in denen sie sich nervös umsah, wurden immer kürzer.

»Ich habe Hunger«, meldete sich eine Kinderstimme.

»Sind wir bald da?«

»Ich bin müde.«

»Ich will nicht mehr weiterfahren.«

»Wie lange noch?« Das war Christopher. Er meldete sich als Letzter. Der knapp Dreizehnjährige lümmelte im Sitz und lehnte sich gegen die Autotür. Trotz seiner lässigen Haltung wirkte er angespannt.

»Ich habe doch gesagt, in zehn Minuten sind wir da«, antwortete Honor.

»Das hast du vor dreißig Minuten gesagt«, piepste Gus. »Ich bin zwar erst sieben, aber ich kenne die Uhr schon.«

»Ich weiß, Gus.« Sie versuchte, beruhigend zu klingen, doch die Fähigkeit zu reden, ohne dabei mit den Zähnen zu knirschen, hatte sie bereits vor knapp tausend Kilometern verloren. »Das Navi hat uns auf den falschen Weg geführt. Die Dame an der Tankstelle meinte, wir müssten hier entlangfahren.« Sie hob das Blatt mit der Wegbeschreibung hoch.

»Ich bin so hungrig«, sagte Beth Ann. Ihr Lispeln ließ es klingen wie: »Ich bin *fo* hungrig.« Beth Ann hatte im Alter von zweieinhalb Jahren angefangen, ihre ersten Worte zu lesen. Jetzt, drei Jahre später, machte ihr Wortschatz dem eines Englischprofessors Konkurrenz. Doch die Aussprache ihrer sprachbegabten Tochter ließ sie besonders niedlich wirken.

»Wir sind alle hungrig. Wir sind aber ganz sicher rechtzeitig da, um noch etwas einzukaufen, bevor die Läden schließen.« Honor schaute auf die Uhr auf dem Armaturenbrett ihres uralten Kombis aus den 1980er-Jahren. Der Mercury Colony Park war fast fünfunddreißig Jahre alt, doch etwas Besseres konnte sie sich mit ihren begrenzten Mitteln nicht leisten. Sie hatte ihn gekauft, weil er groß genug für ihre kleine Mannschaft und ihre wenigen Habseligkeiten war.

Honor warf abermals einen Blick in den Rückspiegel. Da hockten sie auf dem Rücksitz. Mit dem weißblonden Haar und den blauen Augen ihrer Mutter sahen sie aus wie Kopien voneinander. Von Lorenzo hatten sie wenig geerbt. Honor wusste, dass das in ihrem Heimatort Anlass zu einer Menge Gerede geführt hatte. Doch das war ihr egal. Sie kannte die Wahrheit und das allein zählte. Und außerdem besaßen sie nicht ihre blasse, sonnenempfindliche Haut, sondern bekamen im Sommer alle einen wunderschönen, zartbraunen Teint, den sie ihrem Vater verdankten.

Sie richtete den Blick wieder auf die Straße vor sich und schob die Erinnerungen an ihren toten Ehemann und die schlimmen Zeiten weit von sich – ebenso wie die Tatsache, dass sie und ihre Kinder in Gefahr waren.

»Hey! Hör auf! Mama, Samuel hat mich gehauen«, jammerte der zehnjährige Harry.

»Hab ich nicht!«, protestierte Samuel, der Zwillingsbruder von Gus. »Es war höchstens ein ganz leichter Schubs, weil du dich schon wieder so breit machst. Rück rüber!«

Als die Jungs mal wieder anfingen zu streiten und Beth Ann schließlich zu weinen begann, stiegen ihr Tränen in die Augen, wollten überfließen. Doch da sie auf die harte Tour gelernt hatte, dass Weinen nichts nützte, gab sie dem Bedürfnis nicht nach. Allerdings überlegte sie wohl zum millionsten Mal, seit sie vor nunmehr acht Tagen diese Fahrt angetreten hatten, ob ihr Beschluss wegzulaufen, nicht ein großer Fehler gewesen war.

Aber nein, sie hatte keine andere Wahl. Nicht nach dem jüngsten Zwischenfall. Jemand hatte versucht, sie von der Straße abzudrängen. Jemand wollte ihr und ihren Kindern schaden oder sie vielleicht sogar umbringen. Sie musste sie in Sicherheit bringen. Koste es, was es wolle.

* * *

Der Mann war an einem sonnigen Sonntagnachmittag zu ihr nach Hause gekommen.

»Lorenzo war mir noch was schuldig. Sie sind seine Frau, jetzt sind Sie mir was schuldig.«

»Ich habe kein Geld.«

»Dann sollten Sie sich besser eins besorgen. Sie haben fünf Tage, um es zusammenzukratzen, dann komme ich wieder. Verkaufen Sie doch eins von den Bälgern – da können Sie richtig was rausschlagen. Aber behalten Sie für sich, dass ich hier war, verstanden? Wenn Sie die Bullen verständigen, müssen es Ihre Kinder büßen.« Er trat näher, drängte sie gegen die Anrichte, hob eine Hand und strich ihr mit einem Finger über die Wange. »Oder vielleicht nehme ich auch dich. Du bist bestimmt fünfzig Riesen wert.« Sie gab ihm einen Stoß und er trat zurück, doch seine harten Augen ließen sie nicht los. »Fünf Tage.«

Sie war in Panik geraten, hatte in höchster Eile das Notwendigste eingepackt, die wichtigsten Papiere genommen, ihre Kinder eingeladen und war losgefahren. Sie hatten nur noch sie und sie war entschlossen, am Leben zu bleiben und sie aufwachsen zu sehen.

Ein weiterer Blick in den Rückspiegel bestätigte ihr, dass sie immer noch nicht wieder verfolgt wurden. Oder jedenfalls konnte sie im Moment niemanden entdecken.

»Ihr seid jetzt mal still«, befahl Christopher seinen Geschwistern. »Mama ist müde.«

»Wir sind alle müde«, erwiderte Harry mürrisch.

»Und am Verhungern«, fügte Beth Ann schniefend hinzu.

»Hey Leute, guckt mal!« Maßlose Erleichterung überflutete Honor. »Da ist das Schild!«

Beth Ann las vor: »Willkommen in Tanner Hollow.«

»Was für ein popeliger Name für eine popelige Stadt«, meinte Harry.

Auf Honors Gesicht zeigte sich zum ersten Mal seit Langem der Anflug eines Lächelns. »Pass auf, dass du dich mit deinem Optimismus nicht übernimmst, Harry.«

Sie bog links ab und folgte den Wegweisern in die Innenstadt von Tanner Hollow. Es war erst halb fünf am Nachmittag, doch es dämmerte bereits. Wenn es dunkel wurde, würde es empfindlich kalt werden, aber zum Glück war der November im Süden fast so warm wie in Texas.

Die Kinder drückten ihre Nasen gegen die Autoscheiben. Der Anblick der hübschen Geschäfte, die die Straßen säumten, war eine angenehme Überraschung. Manche Schaufenster waren schon weihnachtlich dekoriert, dabei stand gerade erst Thanksgiving vor der Tür. Die Bürgersteige waren noch belebt, die Menschen saßen in warmen Mänteln, Handschuhen und Mützen auf Bänken vor den Läden.

»Ganz nett hier«, ließ Christopher sich gnädig vernehmen.

»Guck mal, das Spielzeugge*f*äft da drüben«, sagte Beth Ann. »*F*o viele Lichter! Wie viele da*f* wohl *f*ind? Ob ich *f*ie zählen kann?«

Eine leise Hoffnung regte sich in Honors Brust. Im nächsten Moment ließ ein lauter Knall sie zusammenfahren. Der Kombi schlingerte und schleuderte nach rechts. Sie schrie auf, die Kinder ebenfalls. Honor trat mit aller Kraft auf die Bremse.

Mehr lesen Sie im Buch »Geheimnisse von Tanner Hollow«, ISBN: 978-3-7751-6178-7

Dank

Ich danke meiner fantastischen Familie.
Ich liebe euch alle, ihr verrückter Haufen!